Gefährten der Hoffnung
Eriks Suche

Jörg Krämer

Gefährten der Hoffnung

Eriks Suche

Jörg Krämer

Fantasy-Roman

www.net-verlag.de
Erste Auflage 2019
© net-Verlag, 09125 Chemnitz
© Coverbild: Julia Lohninger
Covergestaltung, Lektorat
und Layout: net-Verlag
printed in the EU
ISBN 978-3-95720-265-9

Auch wenn mich die Muse nicht
geküsst hat, so hat sie doch meine Finger
gelenkt, der Geschichte eine andere
Wendung zu geben, als sie sich mein
Kopf ausgedacht hat.

Inhaltsverzeichnis

Die Entführung

Seit nur noch wenige Menschen in diesem Gebiet lebten, war die Luft viel klarer und das Grün der Pflanzen viel intensiver geworden. Ich konnte daran nichts Schlimmes finden.

Wenn man genau hinsah, erkannte man meine Silhouette unter dem silbern schimmernden Mond.

Es war eine laue Sommernacht.

Die warme Luft unter meinen Flügeln ließ mich mein knappes Pfund Gewicht kaum spüren. Ich genoss die Freiheit. Nichts störte meinen Flug.

Langsam glitt ich über Wittens größtes zusammenhängendes Waldgebiet: mein Revier.

In der Ferne hörte ich eine Maus fiepen. Lautlos näherte ich mich meiner Beute. Nur ein Waldkauz wie ich konnte sich derart leise bewegen. Die Maus hatte keine Chance.

Meine messerscharfen Krallen schlugen in ihr Genick. Mit dem Kopf im Nacken schluckte ich den noch warmen, blutigen Körper in einem Stück herunter.

Befriedigt bewegte ich mich wieder in die Luft. Nahrung gab es für mich in Hülle und Fülle.

Seit die Seuche vor einigen Jahren die meisten Menschen und viele der großen Säugetiere dahingerafft hatte, vermehrten sich die kleinen Nager massenhaft. Und nur ein alter Habicht machte mir Konkurrenz bei der Jagd.

In Durchholz, einem beschaulichen Vorort von Witten, wo ich im Giebel eines verlassenen Bauernhofs meinen Unterschlupf hatte, gab es schon vor der Katastrophe nur wenige Menschen. Jetzt lebte nur noch eine Familie hier. Erik, seine Frau Irinskat und ihre kleine Tochter Nanuk.

Das große Haus, in dem sie wohnten, war ein kleines Paradies. Das Paar hatte die schönsten Sachen, die im ausgestorbenen Durchholz zu finden waren, zusammengetragen. Im Garten gab es Klettergerüste und einen großen Schwimmteich für Nanuk. Das Gelände war mit einer großen Bruchsteinmauer abgesichert. Auf der Mauer wand sich meterweise S-Draht.

Der Garten war Nanuks Reich. Hier tobte sie den ganzen Tag herum. Wenn ich in der Dämmerung zu ihr flog, kreischte sie immer und tat so, als würde sie sich vor mir erschrecken. Dann lachte sie laut los.

Das Spiel war schon zum Ritual geworden.

Manchmal saß sie aber auch nur ganz ruhig am Pool und schaute traurig ins Leere. »Mom, warum gibt es hier keine anderen Kinder zum Spielen?«, fragte sie dann, und Irinskat nahm sie nur stumm in den Arm.

Erik, der fast zwei Meter große Menschenmann, war heute Morgen an mir vorbei Richtung Stadt gelaufen. Die rhythmischen Bewegungen seiner geschmeidigen Muskeln ließen die langen braunen Haare wild um seinen Kopf fliegen. Trotz seiner abgewetzten Kleider machte er, mit dem über den Rücken gebundenem Schwert, einen imposanten Eindruck.

An seiner Seite der große Germanische Bärenhund Odin, siebzig Kilo Muskeln. Sein Kopf war riesig. Die großen Pfoten würden mich komplett unter sich begraben.

Meistens betrachtete er die Welt ein bisschen schläfrig, und niemand wäre auf den Gedanken kommen, dass sich dieses Tier schnell bewegen könnte.

Mit Odin verband mich etwas. Ich verstand es nicht, aber es war da. Er bemerkte sofort, wenn ich in seine Nähe kam. Dann stahl sich immer ein belustigtes Leuchten in seine Augen. Ich fühlte dabei so etwas wie eine leichte Berührung in meinem Kopf.

Es machte mir Angst!

Aus purer Langeweile begleitete ich die beiden durch den friedlich wirkenden Wald bis zur Stadtgrenze. Dann wurde ich ein wenig durch Lea, einem niedlichen Waldkauzmädchen, abgelenkt. Lea war das heißeste Käuzchen der Gegend. Mein Herz schlug mir bis zum Hals, und unter meinem Gefieder wurde mir ganz warm.

Ich versuchte alles, um sie in mein Nest zu locken.

Heute brachte ich ihr die fetteste Maus, die je von einem Kauz gefangen wurde.

Ich zeigte die halsbrecherischsten Flugmanöver, die ein Waldkauz vollbringen kann. Es half alles nichts, sie ließ mich abblitzen.

Wie immer.

Nach diesem Desaster zog ich frustriert meine Kreise im Wald.

Erst die kleine Zwischenmahlzeit besserte meine Stimmung wieder auf.

Im Wald war es jetzt unnatürlich still. Kein Laut war zu hören. Beunruhigt schraubte ich mich hoch in die Luft. Irgendwas stimmte hier nicht.

Da sah ich Erik wie einen Irrwisch durch den Wald jagen. Den großen Hund lautlos rennend an seiner Seite. Ich schraubte mich höher in die Luft. Nun sah ich den Grund für Eriks Eile: Ein Dutzend Roks, die über eine Lichtung eilten. Mutanten, die kaum noch menschliche Züge hatten. Entstellt von der Seuche. Kahle Schädel, mit Zähnen wie Raubtiere, und Händen, die an Klauen erinnerten.

Am ganzen Körper behaart, trugen sie nur Shorts. Alle waren bewaffnet. Rostige Schwerter, schartige Messer und schwere Äxte waren zu erkennen.

Roks töteten alles, was ihnen begegnete. Sie

wurden von einem unbändigen Hass auf alle Lebewesen getrieben. Einige von ihnen fraßen auch Menschenfleisch.

Diese Mutantenmeute bewegte sich zielstrebig auf Eriks Haus zu. Dabei waren sie erstaunlich leise. Ich hoffte, Erik würde sie rechtzeitig stoppen.

Als würde er meine Gedanken lesen, schaute mich der große Hund mitten im Laufen an.

Ich kreischte auf. Irgendetwas berührte meinen Geist. Fester und intensiver als sonst.

Der Hund blickte seinen Herrn an.

»Okay!« Nur dieses eine Wort, und Odin schoss los. Sekundenschnell holte er die Mutanten ein.

Ich flog tiefer, um besser sehen zu können.

Da lagen bereits zwei der Roks mit zerfetzter Kehle im Dreck. Der Rest der Meute bildete einen Kreis, damit der Hund sie nicht einzeln angreifen konnte.

Wütend schwangen sie ihre Waffen.

In diesem Augenblick kam der Mann über sie.

Sie mussten erleben, dass die größte Gefahr nicht von dem Hund ausging. Der war der Harmlose des Duos. Erik hatte sein antikes Samurai-Schwert in der Hand. Die zarten Runen im Griff glühten. Die gleichen Runen, die auf Eriks Schulter tätowiert waren.

Bevor der erste Mutant reagieren konnte, tränkte bereits das Blut dreier seiner Brüder den

Waldboden. Während Erik einem weiteren Gegner mit gewaltiger Kraft den Körper zerteilte, schwang der Anführer der Meute seine Äxte gegen Eriks Kopf.

Erik tauchte ab.

Die Äxte zerteilten nur noch die Luft. Der Rok fauchte wütend.

Erik tauchte hinter ihm auf und zerfetzte ihm die Sehnen der Kniekehlen. Das schmerzerfüllte Gebrüll ihres Anführers jagte den Rest der Meute in die Flucht. Erik erlöste den Mutanten von seinen Schmerzen.

»Gut gemacht, Odin.« Liebevoll kraulte der Mensch seinem großen Hund den Kopf, dann reinigte er sein Schwert von dem schmierigen Blut der Kreaturen. Weder Erik noch sein Hund atmeten schneller.

Erik wirkte völlig entspannt. Von dieser Meute ging keine Gefahr mehr aus. »Na komm, Odin! Die Mädels warten bestimmt schon auf uns. Ich hab schöne Sachen für sie in der Stadt gefunden. Die Plünderer haben einiges beim Juwelier übersehen.«

Langsam machten sich die zwei wieder auf den Weg. Inzwischen flog ich voraus zu Eriks Haus.

Manchmal legte mir Irinskat einen Leckerbissen hinaus. Doch heute war sie nicht zu sehen. Dafür stieg Rauch aus allen Fenstern. Aus der Musikanlage tönte laute Rockmusik. Ich flog tiefer und glitt durch das Dachfenster ins Haus. Die Schränke waren umgekippt, die Matratzen aufgeschnitten, alles Glas war zerschlagen, und überall waren kleine Brandherde. Aber es gab keine Spur von Leben.

Geschockt flog ich zurück und nahm widerstrebend Kontakt mit dem Hund auf. Keine Ahnung, wie Odin es schaffte, seinen Herrn zu informieren, aber die beiden rasten sofort los.

Dann näherte sich Erik vorsichtig dem Anwesen. Mit einem Stab schob er die Haustür auf. Schüsse fielen. Erik warf sich auf den Boden. Jemand hatte die Tür mit einer Selbstschussanlage gesichert. Wäre Erik durch die Tür gegangen, wäre er jetzt tot.

Das konnten keine Roks gewesen sein, denn die benutzten keine Schusswaffen, überlegte ich.

Angespannt betrat Erik das Haus und durchsuchte alle Räume. Die Gewalt, die hier gewütet hatte, ließ ihn zittern. Dann ließ er sich auf einen alten Stuhl sinken und vergrub die Hände im Gesicht. »Keine Spur von ihnen, Odin. Aber auch keine Leichen. Sie müssen sie mitgenommen haben. Das waren keine Roks, mit denen wäre Kat fertig geworden. Was sie nur mit den beiden wollen? Verdammte Ungewissheit!«

Noch während er das sagte, strafften sich seine Schultern, und auf seinem Gesicht zeigte sich eisige Entschlossenheit. »Wir müssen los, Hund. Sorg dafür, dass die Eule mitkommt!«

Nach einem mitfühlenden Blick auf seinen Herrn machte mir der Hund klar, dass ich bei der Suche dabei war. Ich würde der Kundschafter sein.

Ein leichter Schauder schüttelte meinen Körper. Wenn sie Schusswaffen haben, bin ich auch in der Luft nicht sicher. Andererseits: Stehen Mädels nicht auf Abenteurer? Lea wird mich lieben!

Aufgeregt flog ich los. Wir werden Eriks Familie retten!

Die Armeezeit

Pionierkaserne auf der Schanz (Ingolstadt).

Gelangweilt lag Erik auf seinem Bett. Nun war er bereits zwei Jahre als Einzelkämpfer bei der Truppe. Aber abgesehen von gelegentlichen Manövern verlief sein Leben ereignislos. Einzig der Abtransport des syrischen Giftgases im letzten Jahr hatte seinen monotonen Alltag unterbrochen. Der Einsatz, den er mit dem Gebirgspionierbataillon begleitet hatte, verlief ohne Zwischenfälle.

»Hajo, Lust auf 'ne Runde Sparring?« Erik gab dem Bett über sich einen Tritt.

»Nö, ist mir zu öde mit dir. Du verlierst ja doch.«

»Stimmt, aber nur, weil du mit linken Tricks arbeitest.«

»Der Zweck heiligt die Mittel. Du hast noch nie gewonnen.« Hajo sprang aus dem Bett. Mit seinen ein Meter fünfundsiebzig war er über zwanzig Zentimeter kleiner als Erik. Seine blonden Haare waren kurzgeschoren. Ein krasser Gegensatz zu Eriks langer Mähne. Sie stammten beide aus Witten. Waren schon zusammen zur Grundschule gegangen. Als sie älter wurden, fanden sie es cool, sich als Einzelkämpfer ausbilden zu lassen. Das Abenteuergefühl war inzwischen purer Langeweile gewichen.

»Was stellen wir dann an?«

»Lass uns ins *Shamrock* gehen. Ein bisschen Tanzen, Darten, ein oder zwei Kilkennies. Da kriegen wir den Abend schon rum.«

»Tanzen? Was sagt denn deine Frau dazu?«

»Was sie nicht weiß …«

Erik musste lachen. Hajo war ein unverbesserlicher Schürzenjäger. Aber er liebte seine Frau und seine beiden Kinder über alles. So schickte er am Ende des Abends doch jede andere Frau alleine nach Hause.

»Okay, gib mir noch 'ne halbe Stunde. Dann können wir los.«

Erik war solo. Er freute sich auf den Pub. Hier kam man nicht so oft raus. Zudem war Henry, der Chef vom *Shamrock*, ein netter Kerl.

Als sie loszogen, versank gerade die Sonne als glutroter Ball hinterm Horizont.

Das *Shamrock* war noch leer. Leise dudelte irische Musik aus den Lautsprechern. Henry polierte geschäftig die Theke.

»Zwei Kilkenny und 'ne Flasche von deinem besten Whisky!«, rief Hajo.

»Kommt sofort. Mach mir heute nicht wieder die ganzen Mädels wild, Hajo.«

»Mach ich nie«, grinste Hajo, schnappte sich die Dartpfeile und zog Erik mit zur Scheibe. »Der Verlierer zahlt.«

»Okay, hoffentlich hast du genug Geld.«

Die Zeit verging wie im Flug. Nach der ersten Flasche Whisky fanden die Darts nur noch selten ihr Ziel. Inzwischen war das *Shamrock* gerammelt voll. Hajo drängte sich zur Theke. »Noch 'ne Flasche, Henry!« Leicht torkelnd kämpfte Hajo sich zurück zu Erik. »Verdammt was los hier«, lallte er.

»Jau.« Erik nahm ihm die Flasche ab, goss sich das Whiskyglas voll und kippte es auf Ex weg. »Und verdammt gutes irisches Wasser.« Schief grinsend warf er die Darts.

»Dreimal Bull's Eye? Du willst mich verarschen.« Hajos Augen fielen ihm bald aus dem Kopf.

»Alles eine Frage der Konzentration«, lallte Erik und sank auf den Boden.

»Hast gewonnen.« Hajo ließ sich neben ihn sinken.

»Auf deine Frau.« Erik machte die Gläser voll.

Nachdem sie auch die zweite Flasche vernichtet hatten, machten sie sich gutgelaunt auf den Rückweg.

Da spürte Erik einen Schlag in den Rücken. Benommen stolperte er nach vorn. »Scheiße, was soll das?«

»Bleib liegen, dann passiert dir nichts!«

Wie durch Nebel erkannte Erik, dass zwei Typen Hajo festhielten, während der Gesprächige gemächlich auf ihn einschlug.

»Du lässt die Finger von meiner Frau!« Bei

jedem Wort ein Schlag ins Gesicht. Hajo sah nicht begeistert aus.

»Verdammt, lasst ihn los! Er hat's bestimmt kapiert.« Erik kämpfte sich hoch. »Ronk.« Schon wieder sah er Sterne.

»Fresse! Du hast Pause.« Nachdem ihm der Typ die Nase gebrochen hatte, widmete er sich wieder Hajo.

Erik spürte, wie eine Flamme innerlich an ihm empor züngelte. Er stieß ein leichtes Grollen aus. Ein gelbes Leuchten stahl sich in seine Augen. Die Hitze erfasste seinen Kopf. Das Grollen wurde lauter. Im Aufstehen trat er dem Redner die Beine weg. In derselben Bewegung zertrümmerte seine Faust den Kiefer des linken Halters.

Der ging schreiend zu Boden. Das Grollen schwoll weiter an. Der dritte Mann suchte kreidebleich das Weite.

Nicht so der Redner. »Was jetzt passiert. Hast du dir selbst zuzuschreiben.« Mit wirbelnden Händen und Füßen ging er auf Erik los.

Der nahm zwei Schläge und lächelte. Das gelbe Licht in seinen Augen wurde stärker. Der Redner wich unsicher zurück. Normalerweise fiel jeder um, den er so traf.

»Erik, lass gut sein!«, rief Hajo, der langsam wieder auf die Füße kam.

Genauso gut hätte er mit den Bäumen reden können. Erik war wie in Trance. Lächelnd bewegte er sich auf seinen Gegner zu. Der hatte sich wieder gefasst und griff an. Statt auszuweichen, ging Erik in den Angriff rein und brach mit seinem Tritt dem Redner locker das Knie.

Noch während er zusammenbrach, zuckte Eriks Handkante gegen seinen Kehlkopf.

Einmal! Zweimal! Dreimal!

»Erik, hör auf!«

Erik lächelte immer noch. Er drehte sich einmal um die eigene Achse und zerschmetterte dem Redner aus der Drehung das Genick. In diesem Augenblick warf sich Hajo auf Erik.

»Verdammt, hör auf!«

»Hajo? Was tust du? Geh runter von mir!« Erik fühlte nur dumpfes Pochen in den Schläfen.

»Guck nach links, du Idiot! Was hast du dir dabei gedacht?«

Fragend drehte Erik den Kopf – und sah in die brechenden Augen des Redners. Langsam rann das Blut aus seinen Augen und Ohren auf den Asphalt. Erik riss die Augen auf. »Was ist passiert?«

»Ich dachte, das sagst du mir. Du bist völlig ausgeklinkt. Der Typ ist mausetot. Und du wolltest ihn noch weiter töten.«

»Ich …« Erik fühlte sich nur leer.

In der Ferne hörten sie die Sirene der Militärpolizei. Hajo half ihm auf die Füße. »Am besten, wir warten hier. Abhauen macht keinen Sinn. Und schließlich haben die drei uns angegriffen.«

»Okay, was immer du sagst«, flüsterte Erik.

Erik kam vor das Militärgericht. Und er hatte Glück, viel Glück. Trotz Hajos Aussage wäre er für lange Zeit weggesperrt worden. Wenn nicht die Armee nach einem halben Jahr seiner Einzelhaft dringend Freiwillige für den Abbau von Biowaffen aus Syrien gebraucht hätte.

Als er aus dem Bau kam, wurde er von Hajo abgeholt. »Hier von meiner Frau.« Damit reichte er Erik einen großen, selbstgebackenen Kuchen. »Hast du schon gehört?«

»Danke. Was denn?«

»Wir gehen zusammen nach Syrien.«

»Warum?« Erik sprach seit dem Vorfall noch weniger.

»Abenteuer. Endlich passiert mal was. Da kann ich doch nicht hierbleiben. Außerdem hast du mir den Arsch gerettet. Da lass ich dich doch nicht alleine.«

»Was sagt Myrna?«

»Sie lässt mich machen. Sie kennt mich ja.«

»Also gut. Weißt du schon, wann's losgeht?«

»Genau nicht, aber nächste Woche sollen wir schon vor Ort sein. Zeit genug, richtig Abschied zu feiern.«

»Ohne mich. Noch mal danke für den Kuchen. Wir seh'n uns später.«

Hajo sah ihm verwundert nach, zuckte die Schultern und schwenkte Richtung *Shamrock* ein.

Beginn der Verfolgung

Langsam zog ich immer größer werdende Kreise um Eriks Anwesen. Es dauerte kaum zehn Minuten, da sah ich sie: einen Trupp von zwei Dutzend Menschen, beritten und mit Schusswaffen ausgerüstet. Sie bewegten sich diszipliniert wie eine Armeeeinheit.

Ich flog etwas tiefer. Mein Herz pochte. Vor Schusswaffen hatte ich eine Heidenangst.

Ich flog dicht zu dem einzigen Planwagen der Kolonne. Unter der Plane konnte ich zwei gefesselte Silhouetten erkennen: Lena und Nanuk. Sie lebten.

Sofort stieg ich wieder in sichere Höhen auf und machte mich auf den Rückweg.

In Durchholz angekommen, spürte ich sofort den Kontakt mit Odin. Langsam gewöhnte ich mich daran.

Der Hund sah Erik in die Augen; ein stummes Gespräch.

Ein kaltes Lächeln stahl sich in Eriks Gesicht. Er griff seinen Rucksack, band seine Waffen um und marschierte los.

Ich schraubte mich wieder in die Höhe.

Odin hielt jetzt ständig den Kontakt zu mir.

Mit den beiden Bodenbewohnern im Schlepp brauchte ich fast eine Stunde bis zum Lager.

Es war leer! Odins Enttäuschung war für mich fast körperlich zu spüren.

Erik zog sein Schwert und suchte aufmerksam den Lagerplatz ab.

Ich hörte eine Maus. Lautlos glitt ich tiefer. Ich konnte das frische Blut fast schon schmecken. »Au!« Odin hatte fest nach meinem Geist gegriffen. Ich geriet ins Trudeln. Erst kurz vor dem Boden konnte ich mich wieder fangen. Ich hatte verstanden. Okay, dann eben kein Essen.

Ob Lea wohl ahnte, was ich alles durchmachte, um für sie ein Held zu sein?

Ich flog wieder höher und kreiste über dem verlassenen Lager.

»Odin, sie bewegen sich in Richtung der alten Sauerlandlinie.«

Der Hund sah den Menschen an.

»Kommt, sofort weiter!« Erik wollte keine Sekunde verlieren.

In Höhe der Baumwipfel flog ich in Richtung der alten Autobahn. Früher hatte ich hier mal gejagt. Auf dem Asphalt hatten die Nager keine Chance. Ich musste aber nach kurzer Zeit flüchten. Ein alter Uhu hatte die Bahn als sein Revier bestimmt. Beinahe hätte er mich zerfetzt. Ein paar Narben unter meinem Bauch zeugen von dem Angriff.

Vorsichtig näherte ich mich der Autobahn. Hier musste ich auf zwei sehr unterschiedliche Feinde aufpassen. Die Plünderer konnte ich schon hören; kein Problem. Der Uhu aber konnte sich genauso lautlos bewegen wie ich.

Vorsichtig näherte ich mich den Plünderern. Es gab jede Menge Deckung. Ich kam ganz nahe heran, nahm all meinen Mut zusammen und flog zu dem Wagen, in dem Irinskat und Nanuk eingesperrt waren.

Nanuk erkannte mich sofort, aber sie zuckte nicht einmal. Braves Mädchen.

Ich flog zurück in die Deckung der Büsche. Dort hockte ich mich auf einen Ast. Ich war mir sicher, der Hund hatte den Kontakt nicht abgebrochen.

Langsam entspannte ich mich.

Da ließ mich ein Gefühl umdrehen. Ein scharfer Schmerz fraß sich in mein Auge. Ich ließ mich fallen und glitt in die untersten Büsche.

Der Uhu!

Hätte ich mich nicht umgedreht, wäre mein Kopf jetzt Matsche und ich Uhu-Futter.

Auf der Flucht vor der großen Eule kroch ich durchs Unterholz. Mein Kopf zuckte ständig in alle Richtungen. Meine Brust bebte vor Angst. Die alte Eule konnte vollkommen geräuschlos fliegen. Ich würde sie erst bemerken, wenn sich ihre Krallen in meinen Körper bohrten.

Zu fliegen wagte ich nicht. Der Uhu war weitaus stärker als ich. Zudem war er schneller und fast genauso ausdauernd. Einzig meine geringe Größe konnte mich retten. Ich war im Unterholz fast unsichtbar. Mit dem Blut floss auch meine Kraft langsam aus mir hinaus.

»Kiep!« Direkt vor mir tauchten zwei riesige Augen auf; Odin! Der Hund bewegte sich noch lautloser als der Uhu.

Du dämliches Vieh! Willst du mich umbringen?, dachte ich.

An dem leichten Hochziehen der Lefzen erkannte ich, dass er mich ganz genau verstanden hatte; verfluchte Telepathie.

Odin gab mir zu verstehen, auf seinen Rücken zu klettern.

Okay, ich krallte mich in seinem Fell fest.

Los ging's! In vollem Tempo Richtung Erik.

Da tauchte der Uhu im Tiefflug vor uns auf, die tödlichen Krallen voran.

Odin schaute kurz hoch. Die Temperatur schien zu sinken. Der Uhu stürzte fast ab, fing sich gerade noch und suchte das Weite.

Wir hetzten weiter durchs Gestrüpp, zurück zu Erik. Bereits nach wenigen Minuten tauchte er vor uns auf. Im schnellen Trab hatte er schon fast zu uns aufgeschlossen.

Besorgt schaute Erik mich an.

Vorsichtig tastete er mich ab. »Hm, nichts gebrochen.« Er reinigte und desinfizierte meine Wunden. »Versuch mal zu fliegen«, meinte er.

Vorsichtig streckte ich meine Flügel aus und flatterte langsam los. Es tat höllisch weh, aber es funktionierte.

»Dann weiter«, befahl Erik, »aber leise. Vielleicht können wir die Plünderer überraschen.«

Odin lief vor und gab die Richtung an. Ich krallte mich auf Eriks Schulter fest. Mir tat alles weh. Der verdammte Uhu hätte mich fast geschafft!

Wir näherten uns dem Lager. Hektische Betriebsamkeit war zu hören. Da stimmte etwas nicht. Um diese Zeit müssten eigentlich alle schlafen.

»Zach, hoch mit dir!«

Odins mentaler Befehl riss mich hoch. Ich flatterte versuchsweise mit den Flügeln, fiepte jämmerlich, konnte aber kein Mitleid heischen. Ich fügte mich in mein Schicksal und schraubte meinen Körper lautlos in die Luft. Auf Höhe der Baumwipfel glitt ich über das Lager, begleitet von ständiger Angst vor dem alten Uhu. Aber Odin hatte ganze Arbeit geleistet, die alte Eule blieb verschwunden.

Nicht so Odins mentaler Griff.

Das Lager war in Aufruhr. Eriks früherer Kumpel Hajo bellte Kommandos. Seine Leute bauten Barrikaden auf und entzündeten rund um das Lager große Feuer.

Ich flog tiefer, um mehr Einzelheiten erkennen zu können. Dabei näherte ich mich dem Gefangenentransporter, der jetzt unbewacht war.

Da hörte ich eine Maus fiepen, ganz nah beim Transporter.

Beim Gedanken an eine frische, zuckende Mahlzeit lief mir das Wasser im Schnabel zusammen. Ich nahm Maß. Die Beute sollte keine Chance haben. Noch eine Sekunde.

Ein scharfer Schmerz zuckte durch meinen Kopf. Ich geriet ins Trudeln. Blitzschnell war die Maus verschwunden. Kurz vor dem Boden fing ich mich wieder – Odin hatte mich unmissverständlich an meine Aufgabe erinnert.

Ich flog noch eine Runde über das Lager, dann kehrte ich zu meinen Gefährten zurück.

Erik runzelte die Stirn. Er hatte alles, was ich beobachtet hatte, durch Odin übermittelt bekommen.

»Hmm, sie sind nicht bewacht. Aber durch die ganzen Feuer kommen wir nicht nah an sie ran.«

Odin sah seinem Herrn in die Augen. Erik hatte den Schwertgriff gefasst. Seine Knöchel stachen weiß hervor. Einen Augenblick dachte ich, dass wir die ganze Meute angreifen würden. Doch Erik zuckte die Achseln. »Wir werden wohl warten müssen.«

Dann hörten wir es. Hunderte von Körpern, die durch das Unterholz brachen. Aus allen Richtungen bewegten sich Roks auf das Lager zu.

Erik fluchte: »Verdammt, wenn wir uns nicht so auf die Plünderer konzentriert hätten, wären wir jetzt nicht so überrascht worden.«

Schnell zogen wir uns in die Finsternis zurück. Die nächtliche Stille wurde gestört durch das Kampfgebrüll aus Dutzenden fauligen Mäulern.

Uns hatten sie bisher nicht bemerkt. Ihr wütender Ansturm galt allein den Plünderern.

Ich flog los, damit Odin den Kampf durch meine Augen sehen konnte. Die zwei Dutzend Söldner hätten eigentlich vor Furcht erstarren müssen, doch sie waren absolut diszipliniert. Als die ersten Roks die Feuer passierten, wurden sie von den Kugeln der Söldner niedergemäht. Präzise mit einer Kugel pro Rok. Hajos Männer waren perfekt eingespielt.

Fünf Roks überwanden das Sperrfeuer. Gemeinsam stürzten sie sich auf den nächsten Plünderer. Einem Mann mit tätowierter Winchester unter dem linken Auge. Der ließ sein Gewehr fallen, griff sein Schwert und zerteilte den ersten Angreifer fast in zwei Hälften. Dem zweiten Rok stieß er seinen Dolch in die Kehle. Mit einem Triumphgeschrei ging er auf die drei übrigen Roks los. Beim Ausholen mit dem Schwert sackte er schreiend zusammen. Sterbend, mit dem Messer in der Kehle hatte ihm sein zweiter Gegner mit dem rostigen Schwert die Achillessehne zerschnitten.

Gerade noch konnte er den Hieb des nächsten Angreifers mit dem Schwert abfangen, da durchzuckte ein neuer, flammender Schmerz seinen Körper. Ein Mutant hatte ihm mit der Axt die Wirbelsäule zerschmettert.

Der Rok holte zum tödlichen Schlag aus. Da erschien ein faustgroßes Loch in seiner Stirn.

Lautlos kippte er um. Zeitgleich erwischte es die letzten beiden Angreifer. Sie kamen nicht einmal zum Schreien. Dann war der ganze Spuk vorbei. Die Roks zogen sich zurück. Sie hatten trotz ihrer Übermacht gegen die Schusswaffen der Söldner keine Chance. Rund um das Lager war der Boden mit toten Roks übersät.

Von Hajos Leuten hatte es nur den Tätowierten erwischt, der immer noch schrie.

Im Gleitflug näherte ich mich ihm. Hajo stand dicht bei ihm. »Tut mir leid, Josh.« Während er sprach, durchbohrte sein Säbel das Herz des Söldners.

»Wir müssen los, bevor die Roks mit Verstärkung zurückkommen. Abmarsch in zehn Minuten!«

Kommentarlos machten sich Hajos Männer an die Arbeit. Als ich zum Rückflug ansetzte, waren die ersten Männer bereits bereit zum Aufbruch.

Auf dem Rückflug zu Erik und Odin musste ich mich vor den Mutanten in Acht nehmen, die nach dem Rückzug schon wieder begannen, sich zu sammeln.

Ich fand meine Gefährten versteckt in einer kleinen Höhle.

»Verdammt, überall Roks! So kommen wir nicht zu Irinskat.« Erik lief auf und ab.

Odin schaute ihn mitleidig an, konnte aber auch nicht helfen.

Ich hockte mich auf einen kleinen Busch. Alle Knochen taten mir weh. Ich hab nicht gedacht, dass Kundschafter sein so gefährlich ist, dachte ich. Dabei schaute ich den großen Hund an. Es kam mir vor, als würde er grinsen.

Fünf Stunden saßen wir in unserem Versteck fest. Odin schlief tief und fest. Auch Erik hatte sich dem Schicksal gefügt und schlief.

Ich nickte nur hin und wieder ein. Schließlich war nachts eigentlich meine aktive Zeit.

Als es ganz ruhig wurde, streckte sich Odin, verließ die Höhle und hielt seine Nase in den Wind. Dann schaute er kurz zu Erik.

»Los geht's.« Erik war sofort hellwach.

Ich flatterte ein paar Meter in die Höhe. Meine Flügel waren schon wieder etwas geschmeidiger, taten aber noch höllisch weh. Wehmütig dachte ich an Lea. Dann konzentrierte ich mich. Ich konnte keine Roks riechen. Nur Tannenduft und etwas Süßliches, den Geruch von Blut, viel Blut.

Ein leichter geistiger Stupser des Germanischen Bärenhundes schickte mich Richtung Söldnerlager. Unter mir war alles voller toter Roks. Die Mutanten hatten einen hohen Preis für ihren Angriff gezahlt. Meine aasfressenden Verwandten feierten ein Festgelage.

Das Lager war verlassen.

Ihren Toten hatten die Plünderer einfach liegen gelassen.

Kurz nach mir trafen auch Odin und Erik ein.

Erik schaute sich die Spuren an. »Sie müssen sofort nach dem Angriff weitergezogen sein. Die Spuren sind schon ein paar Stunden alt. Mit ihren Pferden kommen sie viel schneller voran als wir. Wir müssen sehen, dass wir an ihnen dranbleiben.« Er schaute mich an. »Odin, du gehst vor.«

Dankbar für die Pause klammerte ich mich an Eriks Schulter fest.

Parallel zur Sauerlandlinie nahmen wir die Verfolgung wieder auf. Offenbar wollte Hajo Richtung Hessen ziehen.

Odin war lautlos im Unterholz verschwunden. Erik setzte ihm mit schattenhafter Anmut nach.

Erst am nächsten Abend schlugen wir ein Lager auf. Während Erik Holz sammelte, ging ich auf die Jagd.

Die Maus auf dem pilzbewachsenen Baumstumpf sah ihr Verderben nicht kommen. Genüsslich verschlang ich den zuckenden Körper. Nach drei weiteren Mäusen und zwei fetten Drosseln ging es mir langsam besser.

Ich gesellte mich zu meinen Gefährten und fiel in einen tiefen, erholsamen Schlaf.

Der Anfang vom Ende

Im Frühjahr 2024 wurde Eriks KSK-Einheit zur Sicherung des Abtransports syrischer Biowaffen nach Damaskus abkommandiert. Zusammen mit der französischen Fremdenlegion sollte das KSK die Sicherung des Landwegs bis zur Übergabe an die US-Marine im Hafen von Latakia sichern.

Abends vor dem Abflug trafen sich Hajo und Erik in der Kantine ihrer Kaserne.

»Erik, die Jungs wollen heute Abend noch mal einen draufmachen. Willste nicht doch 'ne Stunde mit?«

»Lieber nicht.«

»Komm! Du musst ja nichts trinken.«

»Wenn alle feiern? Das Risiko ist mir zu hoch. Wenn die mich noch mal in den Bau packen, komm ich da nicht mehr raus. Lass mal! Aber euch viel Spaß!«

»Okay, dann bis später!«

Erik trank sein Wasser aus, ging in seine Stube, packte sein Sportzeug und lief zum Gym.

Wie er vermutet hatte, war Özdem auch da.

Der türkische Taekwondo-Trainer hatte seinen Dobok an und saß zwischen zwei Stühlen im Spagat.

»Hi, Erik, was geht?«

»Hi, Özdem. Lust auf ein wenig Bewegung?«

»Biste nicht mit feiern?«

»Ist nichts mehr für mich. Was ist mit dir?«

»Weiste, wenn alle blau sind, krieg ich als Türke doch ständig dumme Sprüche. Meist nicht mal bös gemeint. Aber da hab ich keinen Bock drauf.«

»Dann lass uns was tun!«

»Okay.«

Erik zog seinen Dobok an und machte sich unter Özdems fachkundigen Augen warm.

Dann begannen sie mit den Übungen. Im Team liefen sie ein paar Formen. Anschließend probierten sie einige neue Techniken aus.

»So, bereit fürs Sparring?« Özdem grinste. Sein Schüler war für ihn immer wieder eine Herausforderung.

»Jau.« Erik war bereit.

Die zwei verbeugten sich traditionell.

Erik checkte mit ein paar leichten Kicks zum Körper ab, wie Özdem heute drauf war.

Özdem ließ ihn kommen.

Kurz ließ Erik seine Deckung offen, da erwischte ihn Özdem mit einem Drehkick an der Schläfe. Erik strauchelte. »Verdammt!«

»Biste nicht ganz bei der Sache? Dann lassen wir's lieber.«

»Schon okay.« Erik ärgerte sich. So schnell hatte er noch nie einen Treffer kassiert.

Jetzt begann das Sparring richtig. Zuschauer hätten die Tritte und Schläge nicht mit den Augen verfolgen können. Das Tempo war unglaublich.

Zehn Minuten ging es hin und her. Dann ließen sich die beiden erschöpft zu Boden sinken und gingen den Übungskampf noch mal durch.

Zurück in seiner Stube verfiel Erik in einen tiefen, traumlosen Schlaf. Er bemerkte nicht mal, wie Hajo vom Feiern zurückkam.

Der nächste Tag war erfüllt von Einsatzvorbereitungen. Zeit zum Nachdenken gab es nicht. Hajo bekam noch kurz Zeit, sich von seiner Familie zu verabschieden. Erik packte die Ausrüstung zusammen.

Als die Sonne den Horizont berührte, stieg ihr Flieger in die Luft. Die Stimmung war entspannt. In Damaskus gab es schon lange keine Kampfhandlungen mehr. Auch die geplante Strecke war befriedet. Da Syrien mit der Vernichtung seiner Biowaffen einverstanden war, rechnete niemand mit größeren Scherereien.

Vom Flugplatz aus ging es direkt zum eigens errichteten Lager am Rand von Damaskus. Ein Lager, das sich Franzosen und Deutsche teilten.

Erik hatte schon einmal mit den Legionären zu tun gehabt. Wenn das KSK Stahl war, dann war die Fremdenlegion Titan. Er hatte niemals vorher so harte Jungs gesehen.

»Hey, Hajo, bei der Rückendeckung kann ja gar nichts schiefgehen, oder?«

»Nö, sind mir aber ein bisschen unheimlich, die Jungs.«

Erik lachte. »Und das sagst du!«

»Na ja, schau sie dir an! Die sehen alle aus, als wär'n sie Klone von Schwarzenegger.«

»Die sind okay. Ein paar hab ich schon mal getroffen.«

Drei Tage blieben sie im Lager. Hajo stimmte Erik inzwischen zu. Die Franzosen waren cool.

Am Mittag des vierten Tages kam das Kommando zum Aufbruch. Die Kommandanten hatten keine gemischten Gruppen zugelassen. Die Franzosen bildeten die Vorhut, die Deutschen deckten den Rücken. Fünf große Lkws wurden von syrischen Zivilisten gefahren. Das war die Bedingung der syrischen Regierung. Sie wollten zumindest ein paar Landsleute dabeihaben.

Die Europäer übernahmen den Transport bei der Oase Ghuta von den Regierungstruppen. Assad war nicht so entgegenkommend, dass er der Welt die Lage seiner Waffenlager verriet.

Trotz der frühen Stunde waren die Uniformen von großflächigen Schweißspuren gezeichnet.

Hajo stöhnte: »Ich hab jetzt schon das Gefühl, ich schmelze. Mittags werden wir bestimmt gekocht.«

»Ist ja nicht so, als hätten wir das nicht gewusst. Und du hattest die Wahl. Hättest ja bei deiner Frau bleiben können.« Erik lächelte. Er war froh, dass Hajo dabei war.

»Und dir die ganze Aufregung überlassen? Nee, sicher nicht. So heiß kann es gar nicht werden.«

Als sie mittags die Küste erreichten, war er sich da nicht mehr so sicher. »Verdammte, Scheiß-Hitze!«

»Jetzt wird's besser. Noch knapp hundertfünfzig Kilometer die Küste lang, dann haben wir Latarkia erreicht. Den Rest der Strecke haben wir ein bisschen Wind.«

Mit vier Mann im offenen Wolf fand Erik es ganz erträglich. Mario, ihr Fahrer, wich den Löchern im Asphalt gekonnt aus. Dabei behielt er stur den vorgeschriebenen Abstand zu den Lkws. Mit Heiko und Maik, den anderen zwei KSK-Soldaten im Wagen, sprach er kaum.

Erik war die Stille nur recht. Seit dem Vorfall im Pub mied er Gespräche. Nur bei Hajo und Özdem war das anders.

»Wir werden verfolgt«, stellte Maik trocken fest. »Zehn Mannschaftswagen, voll besetzt.« Er justierte sein Fernglas. »Könnten Regierungstruppen sein. Kann es nicht genau erkennen.«

Fast simultan zu Maiks Erklärungen gab Heiko die Infos über Funk an den Offizierswagen weiter.

»Zurückfallen lassen und weitere Infos sammeln! Nicht auf Gewehrschussnähe ran!«, gab Maik die Befehle des Befehlshabers weiter.

»Sagtest du nicht, der Einsatz wird ein Kinderspiel?« Erik verpasste Hajo einen Nacken-schlag.

»Na ja, sah auch so aus. Und is ja auch noch nix passiert.«

Mario dirigierte den Wolf näher an die Ver-folger.

Mechanisch strich Hajo über den Lauf seines Gewehrs. Heikos Finger massierten den Sitz. Maik pfiff leise ein Lied.

Erik lächelte.

»Sie schicken uns ein Krad. Hajo, was machen wir?« Maik war zwar Offizier, unternahm aber kaum etwas, ohne Hajo zu fragen. Er war intelli-gent genug zu wissen, dass von Hajos Gespür und seiner Finesse im Zweifelsfall ihr Leben ab-hing.

»Wir lassen ihn erst mal kommen. Erik, halt ihn im Visier! Falls er Dummheiten macht, leg ihn um!«

Maik nickte. »Okay«

Vorsichtig näherte sich das Krad. Der Fahrer schien jeden Moment damit zu rechnen, eine Kugel abzubekommen.

Fünfzig Meter von ihnen entfernt hielt er an, stieg von seinem Motorrad und setzte sich in den Sand.

»Okay, ich geh.« Hajo legte seinen Waffen ab und marschierte zu dem fremden Soldaten. Er setzte sich ihm gegenüber, und sie begannen zu reden.

Das Ganze dauerte knapp fünf Minuten, dann stieg der Fremde wieder auf seine Maschine, und Hajo stapfte zum Wagen zurück.

Acht Augen schauten ihn erwartungsvoll an. Hajo blickte ernst zurück.

»Verdammt, mach den Mund auf!« Maik hatte inzwischen riesige feuchte Flecken unter den Armen.

Hajo grinste. Er kostete jede Sekunde aus. »Na ja …«, begann er.

»Na ja, was?«, fiel ihm Maik ins Wort. »Meldung, Soldat!«, bellte er Hajo an, kurz davor, komplett die Fassung zu verlieren.

»Es sind Regierungstruppen. Der Unterhändler meinte, sie würden uns bis nach Latakia begleiten. Assad traut uns anscheinend nicht.«

»Okay, ich meld's der Leitung.«

Nun hatten sie einen Schatten. Die Syrer hielten immer denselben Abstand.

Ein paar verschwitzte, aber ereignislose Stunden später fuhren sie in Latakia ein. Im Hafen übergaben sie die Fracht an die Amerikaner. Ihre Mission war erfolgreich beendet.

Die Europäer bekamen frei bis zum nächsten Morgen.

Der Stab hatte für seine Soldaten ein altes Hotel angemietet, ein Zimmer für jedes Team.

Erik wäre am liebsten sofort ins Hotel gegangen, ließ sich aber von Hajo überreden, ein wenig durch den Hafen zu ziehen.

»War ein ziemlich einfacher Auftrag. Ohne die kleine Episode mit den Syrern hätt' ich auch die ganze Mission schlafen können.« Hajo schaute frustriert.

Erik musste lachen. »Immer brauchst du Action. Im Wagen hast du noch über die Hitze gestöhnt. Was meinst du, wie heiß uns geworden wäre, wenn es einen Überfall gegeben hätte? Mir ist's so ruhig ganz recht.«

»Jaja, bist halt ein Langweiler. Lass uns mal sehen, ob wir was aufreißen können!«

»Hajo!!! Und deine Frau?«

»Ist nicht hier.«

»Dir ist nicht zu helfen.«

Hajo lachte, legte seinen Arm um Eriks Schultern und schob ihn zu der nächsten Kneipe.

Als er den Türgriff drücken wollte, erzitterte das ganze Gebäude. Gleichzeitig gab es einen dröhnenden Knall.

»Da ist deine Action!« Erik hatte bereits seine Waffe in der Hand. »Das kam vom Kai.«

Hajo schüttelte den Kopf. »Wenn du die Amis alleine lässt!«

»Wenn sie die Biowaffen erwischt hätten, wären hier alle schon in Panik. Da können die Amis wohl doch nicht so schlecht gewesen sein.«

»Abwarten.«

Die zwei kämpften sich durch die neugierige Menge bis zum Pier vor. Dort trafen sie auf ihren Kommandanten.

»Leutnant, wissen Sie, was passiert ist?«

»Ein Selbstmordattentäter. Er hat sich mit einem der Lkws in die Luft gesprengt. Hat nicht mal versucht, in die Nähe der Biowaffen zu kommen.«

»Wie lauten unsere Befehle?«

»Wir rücken morgen planmäßig ab. Bis dahin bleibt die gesamte Einheit im Hotel.«

Widerstrebend kehrten Erik und Hajo in ihre Unterkunft zurück. Mit ihnen traf der Rest der Truppe ein. Die meisten machten sich über den Selbstmordattentäter lustig, der nichts weiter als einen Lkw zerstört hatte.

Erik beteiligte sich nicht an den Gesprächen. Er verspürte einen stetigen Druck hinter seinem rechten Ohr. »Verdammt, Hajo, irgendetwas stimmt da nicht!«

»Der Typ war entweder zu blöd, oder er hat seinen Einsatz verpasst. Das ist alles. Du siehst Gespenster.«

Erik war nicht überzeugt, konnte aber auch nicht dagegen argumentieren. »Okay, gute Nacht.«

»Gute Nacht.«

Der nächste Morgen verlief ereignislos. Neuigkeiten gab es nicht. Die Amerikaner waren planmäßig mit den Biowaffen ausgelaufen.

Erst im Flieger gab es Zeit, sich zu unterhalten.

»Hey, Erik, haste Leutnant Berger gesehn?«

»Nö, warum?«

»Der sah aus, als hätt' er die Masern.«

»Möglich, der hat doch Kinder.«

»Stimmt auch wieder. Na ja, ist auch egal.«

Zurück in ihrer Kaserne schliefen sie erst einmal ein paar Stunden.

Nach dem Appell am nächsten Morgen nahm Erik Hajo zur Seite. »Ich hab noch keinen aus unserem Zug vom Syrien-Einsatz gesehen. Dabei sind drei Mann auch hier stationiert. Leutnant Berger ist auch nicht da.«

»Stimmt, dass alle fehlen, ist schon komisch. Ich hör mich mal um.«

Bis Mittag verlief alles routinemäßig. Nur der Druck hinter Eriks Ohr wurde pochender.

»Erik!« Hajo winkte ihn zu sich. »Offiziell sagt keiner was. Aber die Gerüchteküche kocht. Unsere drei Kameraden sollen auch die Masern haben. Von Leutnant Berger hab ich gar nichts gehört. Da ist was oberfaul.«

»Bleib dran! Du hast mehr Kontakte als ich. Ich hör mal, ob Özdem was weiß.«

Erik machte sich auf zum Gym.

Die Tür war offen.

»Hallo! Özdem!«

Keine Antwort. Erst jetzt bemerkte Erik, dass der Raum leer war. Weder Trainingsgeräte noch etwas von Özdems Sachen lagen herum.

Irritiert kehrte Erik zu Hajo zurück. Sie trafen sich in der Kantine.

»Özdem ist weg.«

»Wie weg?«

»Na weg. Alle seine Sachen sind ausgeräumt.« Im Hintergrund dudelte der Fernseher.

»Er ist doch dein Freund. Er muss irgendeine Nachricht für dich hinterlassen haben.«

Erik zuckte mit den Schultern.

»… in Syrien.«

Eriks und Hajos Köpfe zuckten zum Nachrichtensprecher.

Erik sprang auf und drehte den Ton hoch.

»In der Hafenstadt Latarkia ist eine Masernepidemie ausgebrochen. Die Experten sind ratlos. Die Bewohner der Hafenstadt gelten als Vorbild für die Impfprogramme. Trotzdem können die Krankenhäuser die Masse an Infizierten kaum aufnehmen. Erste Turnhallen wurden provisorisch als Lazarett eingerichtet. Der syrische Staatspräsident hat für die Region den Notstand ausgerufen.«

Erik drehte sich langsam zu Hajo um. Der Druck hinter seinem Ohr wurde immer stärker.

»Was zum Teufel ist das?«

»Ich hab so 'ne Ahnung.«

»Der dämliche Selbstmordattentäter?«

»War wohl doch nicht so dämlich. Die haben uns beim Einsatz verarscht.«

»Lass uns den Stabsoffizier fragen!«

»Schaden kann's ja nicht. Ich glaub nur nicht, dass er uns was sagt.«

Gegen jede Wahrscheinlichkeit wurden sie zum Stabsoffizier durchgelassen.

Er hatte ein Cognacglas in der Hand und wischte sich ständig durch seine paar Haare.

»Ich mach es kurz. Inzwischen ist es bestätigt: Ihr zwei seid die einzigen Überlebenden des Syrien-Einsatzes.«

Erik schluckte. Sein Kopf schien zu explodieren. »Was ist passiert?«

»Die Syrer haben auch eine Biowaffe abgegeben, von der nur die Amerikaner wussten. Die Geheimhaltung sollte absolute Sicherheit garantieren. Na ja, der Attentäter wusste genau Bescheid. In dem Lkw, mit dem er sich in die Luft gesprengt hat, waren die Behälter mit dem Virus.«

»Was für ein Virus?« Hajos Stimme zitterte. Er brachte kaum die Wörter raus.

»Ein künstlich mutiertes Masern-Virus. Bisher gibt es kein bekanntes Gegenmittel. Auch keine Impfung.«

»Welche Gebiete sind betroffen?« Hajo hatte sich wieder gefasst.

»Ausgenommen Russland, Australien und China ist das Virus tatsächlich bereits überall. Wir haben Order, betroffene Orte vollständig zu säubern.«

»Das ist nicht Ihr Ernst!« Erik wollte nicht glauben, was er gehört hatte.

»Da sie beide erwiesenermaßen immun sind, werden Sie die Säuberungsaktionen leiten.«

»Auf keinen Fall!« Erik schnaufte, seine Brust zog sich immer enger zusammen, sein Kopf drohte zu platzen.

»Erik! Es ist eine Chance.« Hajo sah in dem Auftrag die Möglichkeit, die Ausbreitung des Virus' zu stoppen. So aufgebracht er am Anfang des Gesprächs war, so ruhig war er jetzt. »Wird dieser Befehl weltweit gegeben?«

»Ja, nur so kann es funktionieren. In einer Stunde bekommen Sie weitere Befehle. Abtreten!«

Auf dem Weg in ihre Stube redete Hajo ununterbrochen auf Erik ein: »Verdammt, siehst du es nicht? Der Irre hat mit seinem Attentat die ganze Welt ins Wanken gebracht. Wir haben jetzt eine Möglichkeit, die ganze Scheiße zu stoppen.«

»Indem du Familien tötest, Kinder umbringst?«

»Vielleicht rette ich meine Familie dadurch! Verdammt, ich brauch dich dabei. Du bist der Einzige, auf den ich mich verlassen kann. Wie oft hab ich dir den Arsch gerettet?«

»Oft genug. Aber ich werde nicht losziehen und Kinder killen.«

»Erik, ich bitte dich nicht, ich verlange es von dir! Für alles, was ich für dich getan habe.«

Erik blieb stehen. Er schaute Hajo in die Augen. »Ich kann nicht. Es ist nicht richtig.«

»Richtig! Es ist nicht richtig, meine Familie zu retten? Wenn ihnen etwas passiert, wirst du Schuld sein!« Hajo verlor völlig die Fassung.

Erik schaute ihn traurig an. »Tut mir leid.«

Dann drehte er um und stiefelte in Özdems verlassenes Dojo.

In dem Versteck hinter der Koreaflagge fand er, was er gesucht hatte: ein Foto und die Adresse von Özdems asiatischen Trainer. Mit etwas Glück würde er seinen Freund dort treffen.

Er verließ das Dojo durch den Hinterausgang, ging immer weiter, raus aus dem Lager, vorbei am *Shamrock*, rein in den Wald und ging und ging und ging.

Erik wurde nicht einmal aufgehalten auf dem Weg, sein gewohntes Leben zu beenden.

Giada

Erik lief auf und ab. Er hätte am liebsten sofort die Verfolgung der Plünderer aufgenommen. Aber es waren zu viele Roks in der Nähe. Odin ließ mich wissen, dass wir bis zum Abend rasten würden. In der Dunkelheit war es dann meine Aufgabe, die Gegend auszukundschaften.

Mein Kontakt zum Hund wurde immer mehr zur Gewohnheit. Inzwischen war er mir nicht einmal mehr unangenehm. Im Gegenteil: Es war ein beruhigendes Gefühl, den Gefährten notfalls auch rufen zu können.

Es gefiel mir auch, tagsüber auszuruhen und nachts zu fliegen. Also kuschelte ich meinen Kopf ins Gefieder und schlief. Dabei träumte ich von Lea. Wie sie mich als Held empfing und mir endlich, nach unendlich langem Werben, in mein Nest folgte.

»Los jetzt, Kauz!«

Odins Befehl riss mich grob aus meinem Traum. Wütend stürzte ich mich auf den Hund und hackte ihm mit meinem Schnabel ins Ohr. Zumindest versuchte ich es. Ich flog ins Leere.

Kurz vor dem Boden konnte ich mich noch abfangen. Das konnte nicht sein, kein lebendiges Wesen konnte sich so schnell bewegen! Ich war im Sturzflug, ohne Ankündigung, aus kürzester Distanz auf ihn losgegangen.

Ich konnte ihn gar nicht verfehlen.

Odins Lefzen schienen zu einem Lächeln ver-
zogen.

Ergeben erhob ich mich in die Lüfte.

Leas Bild verblasste so schnell, wie meine
Wut verrauchte.

Auf Höhe der Baumwipfel glitt ich in Richtung Plünderer.

Einige Dutzend Bäume später entdeckte ich
eine Horde Roks. Sie hatten ein Lager aufgeschlagen. Die meisten schliefen.

Ich flog weiter.

Weitere fünf Horden versperrten uns den
Weg zu den Söldnern. Bei der letzten Horde
ging ich tiefer.

Das Lager war gut bewacht. Die Roks wirkten viel disziplinierter als die übrigen.

Geräuschlos glitt ich über das Lager. Gut,
dass meine Augen für die Dunkelheit gemacht
waren. Noch nie hatte ich solche Mutanten gesehen: muskulös, nicht hager wie ihre Artgenossen.
Geschmückt mit Menschenknochen. Die Waffen
alle gepflegt.

Beunruhigend. Ich hatte miterlebt, wie Erik
und Odin praktisch im Vorbeigehen eine Übermacht an Roks erledigten.

Diese sahen nicht so aus, als wären sie leichte
Gegner.

Ich hoffte, dass Odin die Szene durch meine
Augen beobachten konnte.

Dann erhob ich mich wieder in die Luft. Mein

Auftrag war, die Söldner zu finden, nicht, Roks zu beobachten.

Ich brauchte zwei weitere Stunden, um sie zu finden. Sie waren immer noch unterwegs und machten keinerlei Anzeichen, ein Lager aufzuschlagen.

Das würde Erik nicht gefallen. Wenn sie in dem Tempo weitermarschierten, würden wir sie die nächsten Tage nicht einholen. Schon gar nicht mit den Horden Roks zwischen uns.

Ich segelte etwas tiefer, um mehr Einzelheiten zu erkennen.

Da drehte sich Hajo zu mir um. »Mit dir stimmt doch was nicht«, murmelte er. Beim Sprechen zog er seine Pistole, zielte auf mich und drückte ab.

Ich legte die Flügel an und ließ mich fallen. Die Kugel zupfte an meinen Schwanzfedern. Kurz vor dem Boden fing ich mich ab und flüchtete in das Dunkel des Waldes.

Das war verdammt knapp.

Zurück bei den Gefährten setzte ich mich auf Odins Rücken.

»Mit den Roks zwischen uns haben wir keine Chance, die Plünderer in den nächsten Tagen einzuholen.« Erik wirkte verzweifelt. »Verdammt, Odin, was sollen wir tun?« Intensiv schaute Erik dem Hund in die Augen.

Ich hatte das Gefühl, die Luft würde knistern.

»Na gut« – Erik holte tief Luft – »legt euch

schlafen! Morgen nehmen wir uns die erste Horde Roks vor. Wir kämpfen uns durch sie hindurch. Sonst schaffen wir es nie, Hajo einzuholen.« Er schnappte sich eine Decke, drehte sich um und schlief.

Die Nerven hätte ich auch gerne. Bei den Gedanken an morgen zitterte mein ganzes Gefieder.

Schließlich schlief ich doch ein.

Stolz flog ich durch Wittens Wälder. Ich hatte es geschafft. Ich war der Größte. In meinem Nest in Durchholz wartete Lea auf mich. Nur auf mich. Den Helden. Der eine ganze Familie gerettet hatte.

Ich näherte mich dem Nest – mit ausgebreiteten Flügeln erwartete mich Lea. Mit vor Stolz geschwellter Brust stürzte ich mich zu ihr hinunter.

»Aufwachen, du musst auskundschaften!«

Grob riss mich Odins Weckruf aus dem Traum. Ich hätt' ihm die Augen aushacken können! Verdammte Realität!

Erst mal was essen. Noch etwas wackelig, erhob ich mich in die Luft. Auf die Schnelle fing ich mir eine kleine Maus.

Auf halber Baumhöhe flog ich dann Richtung Roks.

Wieder brauchte ich nicht lange.

»Bleib da und beobachte sie!« Odins Stimme in meinem Kopf war bereits Gewohnheit.

Langsam kreiste ich über den Roks.

Das Lager war im Aufbruch. Völlig chaotisch. Ganz anders als bei Hajos Leuten.

Ich zählte fünfzehn Roks.

Da kamen Erik und Odin über sie.

Die Runen auf Eriks Schwert leuchteten. Odins Augen glänzten.

Das Schwert forderte vier Opfer, bevor die Mutanten merkten, dass sie angegriffen wurden. Ich hatte bisher nur auf Erik geachtet. Jetzt sah ich, dass Odin schneller war. Er war mitten ins Lager gestürzt. Vier tote Roks lagen um ihn herum. Dem fünften zerfetzte er gerade die Kehle.

Ich fröstelte, als ich seine Befriedigung spürte. Der ganze Kampf mit der Horde dauerte keine drei Minuten. Die Roks hatten keine Chance.

»Los, weiter!« Odin drückte aufs Tempo.

Ich machte mich auf, die nächste Horde zu suchen.

Innerhalb von drei Tagen kämpften wir uns durch vier weitere Gruppen Roks näher an die Plünderer heran.

Jetzt bewegten wir uns auf die letzte Horde, die noch zwischen uns und Hajos Leuten stand, zu.

Odin hatte meine Besorgnis gefühlt. Deshalb hatten sie mich noch einmal zum Erkunden vorgeschickt. Diesmal wollte der Hund die gesamte Zeit mit mir in Kontakt bleiben.

Lautlos glitt ich über die Roks. Sie waren am Marschieren. Militärisch geordnet. Die Horde war klein, nur fünfzehn Mann stark. Ich war beruhigt. Mit so wenigen müssten meine Gefährten eigentlich leicht fertig werden.

Ich drehte noch eine Runde. Erst jetzt sah ich sie: zwei riesige Hunde als Nachhut am Ende der Horde. Ich flog näher ran.

Die zwei waren mindestens einen Meter groß. Die Körper bestanden nur aus Muskeln. Ich konnte die Reißzähne erkennen, die seitlich aus ihren Mäulern ragten.

Sofort stieg ich höher, um zu meinen Gefährten zurückzufliegen.

»Fiiiiiep!!!« Vor Schmerz kreischte ich auf. Ich stürzte ab, wollte wild mit meinen Flügeln flattern. In meinem rechten Flügel steckte ein Pfeil. Es fühlte sich an, als würde mein Flügel brennen.

Ich geriet in Panik. Mein Fiepen wurde immer lauter. Krachend donnerte ich in einen großen Haselnussstrauch. Äste knackten unter mir weg. Mein Kopf schlug gegen einen dicken Stein.

Dunkelheit.

Ruhe.

Schmerzen rissen mich brutal aus der Ohnmacht. Jetzt gerade wollte ich doch kein Held sein.

Ich öffnete die Augen.

»Grrrrh!« Direkt unter mir umkreisten sich Odin und einer der Rokhunde.

Das Monster sprang Odin an, wollte ihn unter sich begraben. Doch der duckte sich, kam unter dem Rokhund hoch und warf ihn um.

Aus derselben Bewegung drehte sich Odin über seinen Gegner und zerbiss ihm die Kehle.

Schon kamen drei Roks auf Odin zu. In perfekter Kampfformation deckten sie sich gegenseitig.

Odin wich zurück.

Wo war Erik?

Ich drehte den Kopf. Jetzt sah ich ihn. Er konnte Odin nicht helfen. Ich erkannte von seinem Schwert nur die leuchtenden Runen, so schnell schlug er auf seine Gegner ein.

Aber die hielten dagegen. Geschickt griffen sie ihn immer wieder von verschiedenen Seiten an.

Stumm kämpfte Erik weiter. Sein Schwert zerteilte einen Rok. Während Erik versuchte, seine Waffe freizubekommen, hieb der nächste Rok nach seinem Kopf.

Erik ließ sich fallen, zog den toten Rok mit sich und benutzte ihn als Schild. Als das Schwert des Roks in seinen toten Kameraden fuhr, schlug Erik ihm die Füße ab.

Schreiend ging der Rok zu Boden.

Erik sprang auf und bewegte sich auf Odin zu. Das gelbe Licht war in seine Augen zurückgekehrt. Er lächelte. Die Runen im Schwert leuchteten in derselben Farbe wie seine Augen.

Der zweite Rokhund sprang auf ihn zu.

Das Schwert wischte durch die Luft. Vierge-
teilt fiel die Bestie zu Boden.

Erik erreichte Odin. Gemeinsam stürzten sie
sich auf die Roks. Ich konnte dem Schwert nicht
mit den Augen folgen. Dennoch hielten die Roks
dagegen. Kurz zumindest. Als Odin einen von
ihnen zu Boden warf, waren die anderen für einen Sekundenbruchteil abgelenkt. Aber das
reichte. Eriks Schwert fraß sich durch die Körper
der Roks.

Von Odins Gegner konnte ich nur noch einen
blutigen Klumpen erkennen.

Erik suchte die nächsten Gegner. Diese Horde
stand zwischen ihm und Hajo. Er jagte Richtung
Feuer.

Da brach er mitten im Sprung zusammen. Ich
spürte Odins Schock in meinem ganzen Körper.
Hilflos fiel ich vom Ast.

Ich sah vom Boden aus, wie Erik versuchte,
einen Pfeil aus seiner Schulter zu ziehen.

Odin hatte sich vor ihn gestellt.

Die restlichen Roks kamen. Erik kämpfte sich
auf die Knie, Odin grollte. Das Leuchten in Eriks
Augen wurde zum Glühen. Ich konnte seine Wut
bis zu mir spüren. Mit einem Keuchen kam er auf
die Füße.

Die Roks zögerten.

»Aiiih!« Ein heller Kampfschrei schallte über
die Lichtung.

Flatternd versuchte ich, mich aufzurichten.

Die Schmerzen drohten, mich zu überwältigen. Nur noch verschleiert sah ich, wie den Roks die Köpfe abgeschlagen wurden. Sie waren völlig überrascht. Ihre bis dahin präzise Schlachtordnung geriet komplett durcheinander.

Erik hatte den Vorteil erkannt und stürzte sich mit zusammengebissenen Zähnen in die Schlacht.

Erkennen konnte ich nichts mehr. Ich hörte nur das leise Singen der Kriegerin, die Erik gerettet hatte. Sie sang während des Kämpfens. Mit diesem Gedanken fiel ich in ein dunkles Loch. *Da war Lea. Sie rief mich, lockte mich. Endlich, ich hatte es geschafft. Sie kam in mein Nest.*

Ich spreizte die Flügel, wollte zu ihr. Flatterte zweimal und ... brach zusammen.

Als ich das nächste Mal wach wurde, schaute ich in den Vollmond. Hatte ich Fieber? Wieder sackte mein Bewusstsein ab.

»Ich glaube, er hat's überstanden.« Eriks Stimme.

Es gelang mir, die Augen zu öffnen.

»Was hast du nur mit dem Vogel?« Eine weibliche Stimme.

»Er gehört zu uns.«

»Wer ist uns? Gerade beim Kampf, da warst nur du. Und der Hund.«

»Genau ... der Hund, der Vogel und ich. Autsch, verdammt!«

»Der Verband muss straff sein. Sonst verlierst du zu viel Blut.«

»Ich weiß, danke. Auch für gerade. Ohne dein Eingreifen wären wir jetzt tot.«

»Wahrscheinlich. Das waren keine normalen Mutanten. Diese leben eigentlich viel weiter im Süden. Sie sind nicht so tumb und unorganisiert wie ihre Artgenossen.«

»Gibt es noch mehr davon?« Eriks Stimme klang gepresst. Seine Zähne knirschten, so fest biss er sie zusammen.

»Jede Menge. Aber nicht hier.«

»Gut zu wissen. Aber jetzt müssen wir hier weg. Die Aasfresser werden weitere Roks anlocken.«

»Weit wirst du nicht kommen.«

»Versuchen wir's. Du nimmst den Vogel.«

Ich fühlte, wie sich eine Hand unter meinen Rücken schob. Vorsichtig wurde ich angehoben, konnte ein schmerzvolles Fiepen aber nicht verhindern.

Langsam entfernten wir uns von den toten Roks.

Meine Schmerzen ließen nach. Ich konnte schon wieder an Lea denken.

Die Frau trug mich in der Armbeuge. Sie blickte immer wieder zu Erik.

Ich war überrascht, dass er nicht die Führung übernommen hatte. Dann fiel mir seine Verletzung ein.

Ich versuchte, Kontakt mit dem Hund aufzunehmen. Augenblicklich vibrierte sein Knurren durch meinen Körper. »Was willst du …?«

»Was ist mit Erik? Ich kann mich kaum erinnern, was passiert ist.«

»Könnte ich auch nicht, wenn ich aus der Luft gefallen wär'.«

»Sehr witzig.«

»Ein vergifteter Pfeil hat Erik erwischt. Die Frau hat ihm geholfen.«

»Wer ist sie?«

»Erik nannte sie Giada. Ohne sie hätten wir es vielleicht nicht geschafft.«

Inzwischen konnte ich problemlos mit Odin kommunizieren; das heißt, wenn wir nah beieinander und nicht abgelenkt waren.

Ich schaute zu der Frau auf. Menschen hätten sie schön genannt. Ihre schwarzen Haare kitzelten an meinem Kopf. Ihre braunen Augen blickten konzentriert geradeaus. Ihr Tempo war gebremst. Ihr Körper vibrierte förmlich vor Spannung.

Neben ihr hörte ich Erik gedämpft stöhnen.

»Wir müssen gleich rasten. Lange hältst du nicht mehr durch.« Giada klang drängend.

»Ich … muss … auf der … Spur … bleiben.«

»Wenn du Rokfutter bist, bleibst du auf keiner Spur«, antwortete Giada trocken.

»Du verstehst nicht.«

»Erklär's mir später.«

»Okay.«

Ich spürte, wie Erik Odin einen Befehl schickte.

Giada zuckte leicht. »Was heißt okay?«, fragte sie unsicher.

»Odin sucht einen Platz, der sicher ist.«

»Woher weiß er das?«

»'ne Art Telepathie. Ich erzähl's dir, wenn wir rasten.«

Der Hund führte uns zu einer geschützten Lichtung. Eingerahmt von Stechpalmen und Brombeeren.

Giada legte mich im Moos ab und entfachte ein kleines Feuer. Erik ließ sich auf den Boden sinken. Odin sicherte das Lager.

Jetzt konnte ich Giada in aller Ruhe betrachten. Ihre schlanken Muskeln wurden nur unzureichend von einer Wildledertunika bedeckt. Ein in der Scheide steckendes Schwert diagonal über den Rücken gebunden. Im Gürtel ein zweischneidiger Dolch und mehrere Wurfmesser. Sie war nur einen Kopf kleiner als Erik.

Während ich sie musterte, bereitete sie aus unseren Vorräten eine kräftige Suppe. Dabei schaute sie zu mir. »Der Vogel braucht auch etwas.«

Erik grinste gequält. »Odin kümmert sich darum.«

Giada blickte Erik fragend an. »Soll der Hund den Vogel füttern? Ganz normal seid ihr nicht.«

»Keiner von uns ist normal. Was ist mit dir?«

»Mit mir ist alles gut.«

»Also springen normale Frauen in eine Horde Roks, erschlagen sie und singen dabei?«

»Ja. Sei froh, dass es so ist.«

Erik antwortete nicht mehr. Er war in den Schlaf entglitten.

Mir fielen auch die Augen zu. Mein Flügel schmerzte.

Da stupste mich eine feuchte Nase an.

Ich wollte empört losfiepen, als ich die drei fetten Mäuse sah, die Odin vor mir fallen gelassen hatte. Ich schaute zu ihm hoch. Seine Augen flackerten belustigt.

»Kein Problem«, hörte ich in meinem Kopf.

»Danke«, antwortete ich. Die Verbindung klappte immer besser.

Giada beobachtete uns verwundert.

Egal, ich verschlang die Mäuse und versuchte zu schlafen.

Odin verschwand im Unterholz.

Odin

Drei Monate waren vergangen, seit Erik desertiert war.

Nach seiner Flucht aus der Kaserne wanderte er ziellos umher. Anfangs befürchtete er noch, die Militärpolizei würde ihn suchen. Bei den ersten Dörfern, die er betrat, war Erik noch ziemlich angespannt. Er wartete bis zum Einbruch der Dunkelheit. Erst dann wagte er sich vor.

Es bot sich ihm immer dasselbe Bild: verlassene Häuser und verwaiste Geschäfte. Am bedrückendsten war aber die alles überlagernde Stille.

Erik spürte, dass er beobachtet wurde, bekam aber keinen Menschen zu Gesicht. Was ihm nur recht war. Solange es niemanden störte, wenn er sich mit Lebensmitteln versorgte, war Erik zufrieden. Er wollte keine anderen Menschen sehen.

Jetzt, nach drei Monaten, fühlte er sich sicher. Angst vor den Masern hatte er nicht. Alle, die mit ihm im Einsatz waren und sich angesteckt hatten, waren in kürzester Zeit gestorben. Hajo und er schienen, wie einige wenige andere Menschen, immun gegen die Krankheit zu sein.

Ohne weiter darüber nachzudenken lenkte Erik seine Schritte Richtung Norden.

Nürnberg war die erste größere Stadt, auf die er traf. Auch jetzt wartete er auf die Dunkelheit.

Vorsichtig näherte er sich dem Zentrum. Doch es war ebenso still wie in den Dörfern. Nur wurde hier die Stille von einem süßlichen Geruch begleitet. Ein Geruch nach Tod, nach Leichen, die nicht rechtzeitig begraben wurden.

Erik wurde nervös. Er mied die hell erleuchteten Stellen. Ruhig beobachtete er einen leicht abseits liegenden REWE-Markt.

Als er nach dreißig Minuten keinerlei Bewegung feststellte, schnellte Erik in den Markt. Sichernd blickte er sich um. Alles ruhig. Keine Seele in den Gängen. Viele der Regale waren bereits leer.

Erik griff sich einen Rucksack aus der Tchibo-Ecke und füllte ihn mit Konserven. Die Feuerzeuge vom Stand an der Kasse ließ er alle in den Rucksack gleiten.

»Zadank! Schrapp!«

Erik sank hinter einer Kasse in Deckung. Sein Blick schweifte umher. Wenn er auf andere Menschen traf, musste er vorsichtig sein. Die Überlebenden waren misstrauisch und schnell mit Waffen bei der Hand. Erik wollte lieber niemandem begegnen.

Kurz nach seiner Flucht hörte er manchmal im Radio Berichte über Angriffe auf Fremde. Inzwischen sendete kaum noch jemand. Ohne die Menschen schien die Technik schnell am Ende zu sein.

»Zank!« Wieder rappelte es.

Erik bedauerte gerade, dass er sich bisher nicht bewaffnet hatte.

Da flitzte ein Waschbär an ihm vorbei.

Erik atmete durch. Er griff seinen Rucksack und verließ den Laden.

Der Schreck von gerade ließ ihn ein Waffengeschäft suchen. Im Schatten haltend, durchquerte er die Stadt. Nur einmal bemerkte er einen kleinen Trupp Männer, die mit Baseballschlägern bewaffnet einige Häuser weiter an ihm vorbeizogen.

Im Schaufenster eines kleinen Geschäfts entdeckte er eine ansehnliche Sammlung von Messern und Schreckschusspistolen. Allerdings war die Tür verschlossen.

Erik zögerte. Bisher hatte er sich nur genommen, was er zum Leben brauchte. Und einbrechen musste er noch nie.

Die Tür war aus Metall und sah ziemlich stabil aus.

Erik hatte sich gerade entschieden, das Fenster mit einem Stein einzuschlagen, als an der nächsten Kreuzung Scheinwerfer aufflammten.

Erik verschmolz mit den Schatten.

Lautsprecher durchbrachen die Stille: »Hier spricht das Militär! Alle Bewohner versammeln sich auf dem Marktplatz. Unsere Forscher haben ein Heilmittel gefunden ... Alle Bewohner versammeln sich auf dem Marktplatz. Unsere ...«

Erik beobachtete, wie die Einwohner auf die

Straßen traten. Viele von ihnen konnten nicht
alleine stehen. Sie wurden von Angehörigen oder
Freunden gestützt. Alle bewegten sich in eine
Richtung.

Hinter ihnen durchkämmten Soldaten in
Schutzanzügen die Häuser. Sie trieben alle, die
nicht freiwillig ihre Wohnungen verlassen hatten, mit sanfter Gewalt Richtung Marktplatz.

Ein altes Ehepaar kam dicht an Eriks Versteck vorbei. Die Frau war infiziert. »Komm,
Hilde. Ich hab doch gesagt, sie finden ein Mittel.
Nur noch ein paar Meter, dann hast du es geschafft.«

»Ich weiß nicht, Fritz. Im Radio haben sie
nichts von einem Heilmittel erzählt.«

»Das Radio hat ja auch zuletzt vor zwei Wochen funktioniert. Da kann viel passiert sein.
Nun komm schon! Es ist immerhin eine Chance.«

Erik hielt sich weiter versteckt. *Ob sie wirklich
ein Mittel gefunden haben?* Erik war neugierig.
Aber als Deserteur konnte er sich nicht öffent-
lich zeigen. So schaute er sich nach einem geeig-
neten Beobachtungspunkt um.

Der Kirchturm, nur hundert Meter vom
Marktplatz entfernt, schien ihm geeignet.

Erik wartete, bis die Soldaten die Kirche
durchsucht hatten. Dann glitt er vorsichtig
durch den Seiteneingang in das Kirchenschiff.

Außer den von den Wänden gedämpften
Lautsprecheransagen war kein Laut zu hören.

Schnell stieg Erik in den Turm. Nun konnte er den gesamten Marktplatz überblicken. Ein wenig wunderte er sich über die Unachtsamkeit der Soldaten. Sie schienen nicht mit Ärger zu rechnen.

Auf dem Bauch liegend, zog er ein kleines Fernglas aus der Tasche. Knapp fünfhundert Menschen hatten sich versammelt. Zwischen ihnen bewegten sich zwanzig Soldaten, deren Schutzanzüge mit einem roten Kreuz gekennzeichnet waren.

Was die Einwohner nicht bemerken konnten: Der Marktplatz war weiträumig umstellt.

Die infizierten Zivilisten wurden aussortiert und in ein nahegelegenes Gebäude eskortiert.

Erik erkannte auch das Ehepaar von eben wieder und sah, wie der Mann seiner Frau nachwinkte.

Die gesamte Aktion dauerte nur dreißig Minuten.

Dann dröhnten wieder die Lautsprecher: »Wir danken für Ihre Mithilfe. Ihre Angehörigen müssen nun für drei Tage in Quarantäne. Erst dann können sie wieder zu Ihnen …

Wir danken für Ihre Mithilfe …«

Langsam löste sich die Ansammlung auf.

Erik verließ seinen Aussichtspunkt.

Die Straßen waren wieder leer. Lautlos bewegte sich Erik auf das Gebäude zu, in das die Infizierten gebracht worden waren.

Niemand hielt ihn auf.

Problemlos konnte er einen Blick ins Innere werfen. Was er sah, ließ ihn schwer schlucken. In dem Raum packten Soldaten in Schutzanzügen Tote in Säcke. Alles Infizierte, die das Gebäude gerade noch lebend betreten hatten.

Erik ließ sich auf den Boden sinken. Also gab es kein Heilmittel. Die Armee versuchte, die Krankheit auszurotten, indem sie alle Menschen tötete, die im Verdacht standen, infiziert zu sein.

Erik warf noch einen Blick durchs Fenster. Da war auch die Frau, die ihrem Mann noch zugewunken hatte. Er erinnerte sich, wie der alte Mann sie voller Hoffnung den Soldaten übergeben hatte.

Erik bewegte sich vom Fenster weg. Zeugen konnten die Soldaten sicherlich nicht gebrauchen.

Da hörte er, wie hinter ihm eine Patrone in einen Gewehrlauf glitt. Das Geräusch war für ihn unverkennbar.

Er erstarrte.

»Hände hoch, Mann!«

Erik fluchte. Das Gesehene hatte ihn so mitgenommen, dass er nicht auf seine Umgebung geachtet hatte.

Langsam stand er auf und hob die Hände.

Der Soldat stieß ihm den Gewehrlauf in den Rücken. Ein Fehler, den er nicht mehr bereuen konnte. Dadurch wusste Erik, wo sich die Waffe befand. In einer Bewegung drehte er sich, packte den Lauf der Waffe und stieß seinem Gegner die Fingerspitzen in die Kehle.

Röchelnd brach der Mann zusammen. Das Letzte, was er sah, war das gelbe Leuchten in Eriks Augen.

Schnell nahm Erik dem toten Soldaten die Waffen ab, warf seinen Rucksack über die Schulter und verließ auf schnellstem Wege die Stadt.

Als er den Wald erreichte, entspannte er sich ein wenig. Er drosselte das Tempo und wanderte weiter in Richtung Erlangen.

Erst als die Sonne am Horizont erwachte, suchte er sich einen Platz zum Lagern. Mit ein paar trockenen Stöcken entfachte er ein kleines Feuer, über dem er eine Dose Ravioli erwärmte. Nach dem Essen legte er sich schlafen.

Die nächsten Wochen vergingen eintönig. Erik zog ein innerer Drang immer weiter nordwärts. An Erlangen wanderte er vorbei. Auch Magdeburg betrat er nicht.

Als er Brandenburg erreichte, hätten ihn selbst seine Freunde kaum wiedererkannt. Seine Haare waren verfilzt und hingen ihm bis auf die Schulterblätter. Der Vollbart ließ kaum etwas von seinem Gesicht erkennen. Er war hagerer geworden, aber durch tägliches Training in körperlicher Bestform.

Dass er die Landesgrenze von Brandenburg

überschritt, bemerkte er nicht. Allerdings sagte ihm sein Gefühl, dass er seinem Ziel ganz nahe war. Was auch immer das Ziel war. Er wusste es nicht.

So durchquerte er langsam ein großes Waldgebiet.

Gerade, als er sich einen Lagerplatz suchen wollte, hörte er Geräusche. Geräusche, die nur ein großer Trupp Menschen machte.

Erik ging hinter einer großen, uralten Eiche in Deckung.

Auf der Lichtung, die er schon für sein Lager ins Auge gefasst hatte, ließen sich gute zwei Dutzend Menschen nieder. Alle waren infiziert. Bei einigen war das halbe Gesicht zerfressen. Aber gegen jede Logik wirkten alle agil. Bewaffnet waren sie alle. Manche mit Macheten, einige wenige mit Schusswaffen, die meisten mit Messern. Ihre Sprache hörte sich kaum noch menschlich an.

Erik zog es vor weiterzuziehen. Das Nachtlager verschob er auf später.

Zwei Tage später kam er an ein riesiges eingezäuntes Gelände.

Das Tor zum Gelände war gebaut wie der Eingang zu einer Ranch in den alten Western. *Bärenhundefarm* stand auf dem Schild über dem Tor.

Erik zögerte. Seit seiner Flucht aus der Kaserne war er jedem menschlichen Kontakt aus dem Weg gegangen. Aber eine innere Stimme sagte ihm: »Du bist am Ziel.«

Was soll's?, dachte er, irgendetwas muss hier sein.

Er straffte die Schultern und ging näher zum Tor. Nun konnte er erkennen, was dahinterlag: ungefähr zwanzig riesige Hunde, die alle frei herumliefen.

Überall auf dem Gelände verteilt große, nur aus niedrigem Drahtzaun gebaute Zwinger. In den Zwingern jeweils eine Hündin mit mehreren Welpen. Von einem Hügel aus beobachtete ihn ein riesengroßer Rüde. Er überragte alle anderen Hunde um mindestens zwei Handbreiten. Und er schaute Erik direkt in die Augen.

Erik spürte, wie sich die kleinen Härchen auf seinen Armen aufrichteten. »Verdammt! Was ist das?« Erik war, als wenn er eine Stimme in seinem Kopf gehört hätte. Er riss sich zusammen und drückte die Klingel. Eine Hand am Griff der P12, die er dem toten Soldaten abgenommen hatte.

Lange musste er nicht warten. Ein älterer Mann, grauhaarig mit einem gepflegten Bart, bewegte sich auf ihn zu. Ein offenes Lächeln im Gesicht. Erik konnte keine Waffe bei ihm erkennen. Die hatte er aber auch nicht nötig.

Als er das Tor erreichte, hatten sich alle Hunde um ihn gescharrt.

Alle Hunde, bis auf den großen Rüden.

»Guten Tag. Mein Name ist Markus Kinder. Ich habe Sie erwartet.«

»Erik Klein, hallo. Wie können Sie mich erwartet haben, wo ich selbst nicht wusste, dass ich hierhin komme?«

»Komm erst mal rein! Ich mache uns einen Kaffee. Dabei können wir reden.«

»Okay.« Neugierig folgte Erik dem alten Mann ins Haus. Er wunderte sich über sich selbst, dass er dem Unbekannten instinktiv vertraute.

»Du hast sicherlich nicht viel von den Ereignissen in der Welt mitbekommen, oder?«, fragte Markus.

»Hin und wieder was im Radio. Nicht besonders viel«, antwortete Erik.

»Nun, es ist ziemlich viel passiert. Ich lebe hier seit dreißig Jahren, weit abseits der Zivilisation und züchte Hunde. Mit dem Verkauf der Welpen komme ich ganz gut über die Runden. Allerdings bist du der erste Mensch, der sich hier in den letzten Monaten blicken lässt.«

Markus gab Erik einen Becher Kaffee und setzte sich zu ihm. »Nachdem die Masernepedemie ausbrach, haben sich die Menschen aus der Umgebung auf den Weg nach Berlin gemacht. In den Medien hieß es, man habe ein Heilmittel gefunden. Dann ist nach und nach die Kommunikation zusammengebrochen. Zurückgekommen ist niemand. Das sieht alles nicht nach einem Heilmittel aus. Hinzu kommt, dass vor ungefähr einer Woche eine Gruppe von Infizierten hier aufgetaucht ist. Sie leben im Wald und sehen aus, als würden sie bei lebendigem Leib verfaulen. Vor den Hunden müssen sie wohl Angst haben. Sie halten immer Abstand zum Zaun.«

»Ich bin ihnen begegnet. Sie sahen schlimm aus. Und ein Heilmittel gibt es tatsächlich nicht.« Erik berichtete, was er in Nürnberg gesehen hatte.

»Das habe ich befürchtet.«

Inzwischen waren sie beim dritten Kaffee. Draußen fing es an zu dämmern.

»Du hast noch nicht erklärt, wieso du mich erwartet hast.«

»Ist dir der große Rüde aufgefallen?«

»Ja, er schien mich direkt anzusehen.«

»Das ist Odin! Ich züchte seit dreißig Jahren Germanische Bärenhunde. Im letzten Jahr wurde Odin geboren. Er ist der einzige Überlebende aus dem Wurf. Auch die Hündin hat es nicht geschafft.

Odin ist schneller gewachsen als alle anderen Hunde, die ich bisher hatte. Er ist auch größer und stärker als alle anderen. Aber das ist nicht das Erstaunlichste.« Markus machte eine Pause.

Erik wartete.

»Ich verstehe ihn; in meinem Kopf.«

Erik schaute ihn skeptisch an.

»Es hat angefangen, als er ein halbes Jahr alt war. Anfangs habe ich mich gewundert, dass er schon anfing, meine Kommandos auszuführen, bevor ich sie ausgesprochen hatte. Langsam begann ich auch zu begreifen, was *er* wollte. Es ist nicht so wie unsere Unterhaltung jetzt, aber es ist genau so verständlich.«

»Du willst mir also weismachen, dass dein Hund ein Telepath ist?« Eriks Gesicht zeigte deutlich, was er dachte. »Und er hat dir mitgeteilt, dass ich hierherkomme?«

Markus nickte.

»Ich wusste bis heute selbst nicht, dass ich zu dir komme. Wie soll es der Hund wissen? Ganz davon abgeseh'n, dass Hunde nicht reden können.«

»Ich habe dich gerufen.« Eine Stimme in Eriks Kopf.

Er zuckte zusammen, sprang auf, drehte sich um und … blickte in zwei treuherzige braune Augen.

Markus lächelte.

»Ich wurde geboren, um dich zu beschützen.«

»Warum?«

»Das weiß ich nicht, nur dass es so ist.«

»Verdammt, ich rede mit einem Hund! Ich glaub, ich gehör' in die Klapse.« Erik schaute hilfesuchend zu Markus.

»Gewöhn dich dran! Vieles in der Welt ändert sich.« Er hielt Erik ein Glas mit Whisky hin.

Erik setzte sich und kippte den Drink in einem Zug hinunter. Das alles kam ihm furchtbar absurd vor.

»Und wie geht's weiter?«, fragte Erik.

»Der Hund wird dich ab jetzt begleiten. Egal, wo du hingehst.«

»Ich hab kein Geld und kann ihn nicht mal bezahlen.«

»Kann man ihn eh nicht. Außerdem hat er mir schon deutlich klargemacht, dass er mir nicht gehört. Er ist nicht wie die anderen Hunde. Er ist eine Persönlichkeit.«

In Eriks Kopf kreiselte es. »Ich kenn mich mit Hunden überhaupt nicht aus. Wie soll ich wissen, was er braucht?«

Der Hund hatte sich inzwischen zu seinen Füßen hingelegt. Automatisch kraulte ihm Erik den dunkel maskierten Kopf.

»Du wirst es wissen.« Markus' Gesicht nahm einen melancholischen Ausdruck an. »Ich werde ihn vermissen.«

»Was sagtest du, ist er für eine Rasse?«

»Ein Germanischer Bärenhund. Der größte und stärkste, den ich je gesehen habe.«

»Wie heißt er?«

»Odin.«

Erik dachte noch kurz nach, wobei ihn Markus in Ruhe ließ.

»Hi, Odin. Sieht so aus, als wären wir jetzt ein Team. Bist selber schuld. Ich habe keine Ahnung, was ich mit dir anfangen soll«, wandte sich Erik an den Hund.

Odin schnurrte nur.

Wenn Erik dachte, er hätte ihn zu einer Reaktion provoziert, hatte er sich geschnitten.

Markus lachte laut los. »Nettes Schauspiel. Aber jetzt gehst du besser schlafen. Wenn du morgen wieder loswillst, solltest du fit sein. Die Kranken fallen alle an, die unvorsichtig sind. Und du hast kein Rudel Hunde, das auf dich aufpasst.«

»Wie du meinst.« Erik war nicht beunruhigt. Schließlich war er seit Monaten alleine unterwegs.

Nachdem ihm Markus sein Bett gezeigt hatte, sagten sie sich *Gute Nacht.*

Am nächsten Morgen war Erik früh auf den Beinen.

Markus hatte das Frühstück bereits fertig. »Wohin ziehst du jetzt?«, wollte er von Erik wissen.

»Ein Freund von mir hat viel von seinem Meister erzählt. Ein Meister der Kampfkünste. Vielleicht lebt er noch. Ich werd ihn suchen. Damit hab ich zumindest ein Ziel.«

»Dann wünsche ich dir viel Glück dabei!«

»Was ist mit dir? Komm doch mit! Mit deinem Rudel dabei wären wir ziemlich sicher.«

»Junge, ich werde nächsten Monat neunzig

Jahre alt. Ich gehe nirgendwo mehr hin. Das Rudel beschützt mich hier. Und wenn es mich nicht mehr gibt, können die Hunde für sich selbst sorgen. Nach hinten raus ist das Gelände nicht eingezäunt.«

»Ist dein Leben.«

Kurz nach dem Gespräch verabschiedeten sich die beiden Männer herzlich voneinander.

Odin leckte Markus übers Gesicht, drehte sich um und trabte zu Erik. Nach wenigen Minuten waren die beiden im Wald verschwunden.

Seufzend kehrte Markus ins Haus zurück.

Zwiespalt

Nun waren wir also zu viert.

Die nächsten Tage kamen wir nur langsam voran. Odin übernahm die Vorhut, entfernte sich aber nicht allzu weit von uns. Ich wurde getragen. Erik und Giada trabten langsam nebeneinander her. Erik noch hin und wieder vor Schwäche stolpernd. Er sprach kaum, konzentrierte sich ausschließlich aufs Laufen.

Wir mieden die Straßen.

Erik wollte zwar auf den Straßen bleiben, doch Giada gelang es, ihn davon zu überzeugen, dass es abseits der Wege sicherer sei. Zumal Erik noch nicht in der Verfassung war, einen Kampf zu bestreiten.

Der Weg durchs Gelände verlangsamte uns noch mehr. Wir begegneten weder Menschen noch Roks.

Drei eintönige Tage vergingen.

Tagsüber liefen wir, Odin sicherte uns ab. Abends trainierte Giada mit ihrem Schwert, und Erik meditierte.

Eines Abends erzählte Giada, wie die südlichen Roks von Ragurs Horde ihre Familie getötet hatten. Ragur war ihr Anführer, und sie hatte geschworen, ihn zu töten. Sie wollte uns begleiten, bis sie ihre Chance dazu bekam.

Erik hörte still zu und nahm sie in den Arm. Odin versorgte mich in dieser Zeit mit Mäusen.

Daran hätte ich mich auch dauerhaft gewöhnen können.

Am Morgen des vierten Tages wollte ich es mir gerade wieder auf Giadas Schulter gemütlich machen, als Erik zu uns kam und mir gerade in die Augen blickte. »Wir haben uns genug ausgeruht. Flieg und such Hajo!«

Giada schaute uns stirnrunzelnd zu. Erik hatte seinen Mund nicht bewegt. Doch hatte ich ihn so klar verstanden, als hätte Lea mich angefiept.

Ergeben probierte ich meine Flügel. »Tschiep! Tschiep!«

»Hört sich ziemlich jämmerlich an«, meinte Giada.

»Er schafft das.« Erik hörte sich sicher an, und er hatte recht. Schließlich war ich kein Weichei. Ich war Leas Held!

Mit kräftigen Flügelschlägen schraubte ich mich in die Höhe und sah Erik lächeln. Die Wunde tat zwar weh, der Schmerz war aber erträglich.

Über den Baumkronen genoss ich das Gefühl der Freiheit. »Huhuh-Huuuh! Huhuh-Huuuh!« Ich lebte noch. Mein Ruf schallte durch den Wald.

»Hajo hat sich bis jetzt strikt nach Süden gewandt.« Odin in meinem Kopf.

Ich ließ mich tiefer sinken. Ich freute mich zwar meiner Freiheit, einem Habicht oder Bussard wollte ich aber nicht als Frühstück dienen.

In Deckung der Bäume begann ich, Schleifen zu fliegen. So musste ich irgendwann auf Hajos Söldnertruppe treffen.

Erst nach ein paar Stunden begegnete ich den ersten Roks. Sie stürmten gerade ein altes Bruchsteingebäude.

Ich flog näher ran.

Im Fenster wurde ein Gewehr abgefeuert. Der größte Rok schien vor eine Wand gelaufen zu sein, kippte auf der Stelle um und blieb liegen. Seine Stirn zierte ein kleines rundes Loch. Der Hinterkopf war weggerissen. Das Gehirn verteilte sich langsam auf dem Boden.

Davon völlig unbeeindruckt, stürmte die Horde weiter auf das Haus zu. Immer wieder bellte die Waffe auf. Die Roks fielen wie die Kegel.

Als nur noch drei übrig waren, hörte der Beschuss auf. Ein alter Mann trat aus dem Haus. In der Hand einen Dreschflegel. Der bewegliche Teil durch eine beidseitig geschliffene Klinge ersetzt.

Die Mutanten stürzten sich auf ihn. Der alte Mann war nicht sonderlich schnell, aber er beherrschte seine Waffe. Ein einziger wuchtiger Hieb köpfte zwei der Roks und fuhr dem dritten quer durch die Brust.

Ich konnte das schlagende Herz des Monsters erkennen. Noch bevor der Alte zu einem weiteren Schlag ausholte, kippte der Rok tot um.

Unendlich müde drehte sich der alte Mann zum Haus um. »Es ist vorbei. Ihr könnt rauskommen.«

Ich hockte mich auf die Dachrinne und beobachtete weiter. Eine junge Frau kam aus dem Haus. Ein Baby auf dem Arm. »Opa, lass uns in die nächste Stadt gehen. Wir haben keine Kugeln mehr. So können wir uns nicht mehr wehren.«

»Ich weiß«, antwortete der Alte zerknirscht, »aber ohne den Schutz vom Haus ist es noch schlimmer.«

»Vielleicht können wir den Monstern ausweichen.«

»Ja, vielleicht. Lass uns 'ne Nacht darüber schlafen. Heute geht bei mir eh nichts mehr.« Niedergeschlagen kehrte er ins Haus zurück.

Ich flog zu der Frau. Sie war so in Gedanken, dass sie mich gar nicht bemerkte. Erst als das Kind quietschte, sah sie auf. Ich konnte ihr verhärmtes Gesicht sehen, die Tränen in den Augen. Sie wusste, dass sie alleine kaum eine Chance hatten.

»Odin, verdammt! Hast du alles mitbekommen?«

»Ja, wir sollten helfen.«

»Erik?«

»Er wird's verstehen. Besonders, wenn du deinen Job machst. Such weiter nach Hajo. Wenn du ihn gefunden hast, komm zu dem Haus zurück.«

78

Odin hatte recht. Hier konnte ich nichts mehr tun. Ich flog los.

Bis es dunkel wurde, kam ich an zwei Horden Roks vorbei. Die Familie wäre ihnen direkt in die Arme gelaufen, wenn die Frau sich durchgesetzt hätte. Und es waren große Horden. Beide zählten mehr als fünfzig Monster.

Aber sie waren nicht mein Job.

Ich flog weiter.

Jetzt, in der Dunkelheit, fühlte ich mich richtig wohl. Mein Flug wurde immer schneller.

Aus den Augenwinkeln sah ich eine fette Drossel. Sie bemerkte nicht einmal, wer oder was sie tötete.

Gestärkt von dem frischen blutigen Fleisch nahm ich wieder die Suche auf.

Gegen Mitternacht, kurz vor Frankfurt, fand ich ihr Lager.

Die Plünderer kannten mich jetzt. Deshalb flog ich nur in Deckung um sie herum.

Was ich sah, traf mich wie ein Hammer. Um ein Haar hätte ich den Stamm einer alten Eiche geküsst.

An dem Feuer in der Lagermitte saß Hajo. Okay, den hatte ich erwartet. Aber ihm gegenüber? Ich konnte es nicht glauben, musste näher ran.

Lautlos glitt ich weiter, als ich ein lautes »Huhu huhu« hörte. Ich drehte blitzschnell ab und tauchte in eine stinkende Spechthöhle ab.

Jetzt konnte ich mich in Ruhe umschauen. Das Lager wurde nicht nur von Menschen bewacht. In jeder Himmelsrichtung war ein hoher Pfahl aufgestellt. Und auf jedem Pfahl saß ein großer Uhu.

Ich hatte unglaubliches Glück gehabt. Keiner der Vögel hatte mich bemerkt. Hajo rechnete offensichtlich damit, dass Erik nicht aufgab.

Doch richtig geschockt war ich von dem Anblick beim Feuer: Hajo gegenüber saß ein Rok.

Nicht gefesselt. In voller Bewaffnung. Hässlich wie der Tag. Eitrige Blasen am ganzen Körper. Ein Auge bereits weggefault. Nur die Waffen waren perfekt gepflegt.

Ein südlicher Rok, wie ihn Giada kannte.

Und er diskutierte mit Hajo; versuchte nicht, ihn zu töten.

Im ersten Impuls wollte ich losfliegen, zurück zu den anderen. Nur der Schrei eines Uhus brachte mich wieder zur Besinnung. Zum Glück, bevor ich die Höhle verlassen hatte.

Na ja, der Specht hatte eine bequeme Behausung geschaffen. Ich konnte es hier durchaus noch ein paar Stunden aushalten. So beobachtete ich weiter das Treiben am Lagerfeuer.

Hajo und der Rok beendeten ihr Gespräch. Sie gaben sich die Hand!

»Odin, hast du das mitbekommen?«

»Ja. Eine widerliche Koalition. Hätte nicht gedacht, dass das möglich wär'. Bleib ruhig und beobachte weiter! Momentan brauchen wir dich hier nicht.«

Der Rok verließ das Lager.

Hajo blieb noch am Feuer. Einige seiner Leute setzten sich zu ihm. Eine lautstarke Diskussion begann. Ich konnte nicht alles hören, aber es war klar, dass es sehr unterschiedliche Meinungen zu der Zusammenarbeit mit den Roks gab. Die Stimmung wurde immer hitziger.

Kurzzeitig wurde ich von einer piependen Maus unter meinem Versteck abgelenkt. Ich hatte furchtbaren Hunger.

Als ich mich wieder konzentrierte, baute sich ein breitschultriger Plünderer vor Hajo auf. Er schüttelte beim Reden drohend die Faust.

Blitzschnell zog Hajo seine Pistole.

Es knallte.

Die Bewegung der Faust erstarb in der Luft.

Aus der handtellergroßen Öffnung im Hinterkopf des Diskutierers tropfte mit Blut vermengter Glibber auf den Boden.

»Noch jemand Fragen?« Hajo schaute sich um. Sein Puls schien keinen Deut schneller zu gehen.

Noch bevor der Tote auf den Boden aufschlug, war seine Waffe schon wieder verschwunden. So schnell hatte ich Hajo noch nicht gesehen.

»Keine Fragen? Gut! Dann schafft mir den Müll aus den Augen!« Hajo wartete noch, bis seine Leute den Toten weggeschafft hatten, dann verzog er sich in sein Zelt.

Zweimal startete ich den Versuch, das Lager zu verlassen. Doch die Uhus waren zu aufmerksam. Mir blieb nichts weiter, als abzuwarten, bis die Plünderer das Lager aufgaben.

Was wohl die anderen machten, während ich hier festsaß?

Es dauerte bis zum nächsten Morgen. Kurz nach Sonnenaufgang war das Lager verlassen und ich auf dem Weg zurück zu meinen Kameraden.

Unterwegs fing ich mir auf die Schnelle ein paar fette Mäuse, was ziemlich leicht war. Die kleinen Nager rechneten am helllichten Tag nicht mit mir. Durch Odin wusste ich, dass mein Team noch auf dem Gehöft war. Ich brauchte nicht lange, bis ich sie erreicht hatte.

Als ich auf dem Hof ankam, saßen alle beim Mittagessen zusammen.

»Wir sind eure einzige Chance«, erklärte Erik gerade. »Mit uns könnt ihr es bis in die nächste Stadt schaffen. Glaubt mir, alleine wird euch die erste Rokhorde erledigen.«

Der alte Mann sackte sichtlich zusammen. »Ich weiß!« Traurig schaute er sich in seinem Haus um.

»Wir sollten gleich aufbrechen. Jetzt, da unser Kundschafter zurück ist, können wir den Roks ausweichen.«

»Euer wer?« Der alte Mann schaute Erik fragend an.

»Der Kauz. Unsere Augen und Ohren. Er ist völlig lautlos. Das müsst ihr nicht verstehen.«

Bei dem Lob plusterte sich mein Gefieder von ganz alleine auf.

»Gut. Helen, pack noch was zu essen ein! Wir starten sofort.« Eine neue Energie schien den Alten zu packen. »Die nächste Stadt ist knapp zwei Tage Fußmarsch entfernt – Nürnberg.«

Fünfzehn Minuten später waren wir unterwegs. Wir hielten uns jetzt leicht südlich.

Dadurch befanden wir uns nicht mehr in gerader Linie hinter Hajo. Ich konnte förmlich spüren, wie Erik ob diesem Zeitverlust mit den Zähnen knirschte.

Doch er konnte die Leute nicht ihrem Schicksal überlassen.

Während wir die Familie nach Nürnberg begleiteten, verschwand Hajo im Bayerischen Wald.

Der erste Tag verstrich zäh. Nichts passierte. Der alte Mann hielt das Tempo erstaunlich gut durch. Der nächste Tag sollte nicht so ruhig werden. Eriks Stimmung wurde immer düsterer.

Kurz bevor wir Nürnberg erreichten, bemerkte ich die große Horde Roks. Sie lauerte zwischen der Stadt und uns.

Erik entschied, die Stadt zu umgehen. Noch mehr Zeitverlust. Seine Stimmung sank weiter.

Giada atmete tief durch. Sie hatte befürchtet, Erik hätte sein Gehirn vollständig abgeschaltet und versucht, sich einfach durch alle Roks durchzukämpfen.

Wir brauchten zwei Stunden, um die Horde zu umgehen.

Inzwischen brannte die Sonne am Himmel. Ich sehnte die Nacht herbei. Meine Augen tränten, und mir war heiß.

Ich war vom Selbstmitleid so abgelenkt, dass ich fast an einer kleinen Gruppe Roks vorbeigeflogen wäre. Ich kehrte zu meinen Gefährten zurück.

»Wir kämpfen uns durch.« Erik lief beim Reden hin und her. Man erwartete fast, Rauch aus seinen menschlichen Nüstern aufsteigen zu sehen. »Ich kann keine Zeit mehr vergeuden.«

Odins Grollen klang wie Zustimmung.

»Dann lass sie uns wenigstens von zwei Seiten angreifen.« Giada wollte kein unnötiges Risiko eingehen.

Apropos Giada; ich hatte immer noch nicht verstanden, warum sie uns begleitete. Allerdings erinnerten mich die Blicke, die sie Erik zuwarf, wenn er nicht hinschaute, intensiv an Lea und die Blicke, mit denen ich sie bedachte.

»Ihr bleibt hier in Deckung«, wies Erik den Alten an.

84

Der nickte nur.

»Seid bitte vorsichtig!«, bat seine Tochter und drückte ihr Kind an sich.

Giada zog ihr Schwert und begann, leise ein Lied zu singen. Sofort fingen die Runen auf der Klinge an zu leuchten.

»Giada – du von links. Ich komme von rechts. Odin greift frontal an. Zach passt auf, dass es keine unliebsamen Überraschungen gibt.«

Schon mit dem letzten Wort schoss Erik los.

Auch Giada verschwand im Unterholz. Sie bewegte sich so anmutig wie Erik kraftvoll. Odins Verschwinden war völlig lautlos.

Ich flog los. Um meinem Team den Rücken zu decken.

Die Roks hatten keine Chance.

Wie ein Truck krachte Erik in ihre Flanke.

Auf der anderen Seite fegte Giadas durch ihr Singen gestimmtes Schwert Köpfe von missgebildeten Schultern.

Vier Roks brachten sich Rücken an Rücken gegen Giada und Erik in Stellung, als Odin wie eine Naturgewalt über sie kam.

Die Schwerter zum Kampf erhoben, waren sie unterhalb der Rippen völlig schutzlos. Als Giada und Erik eingreifen wollten, hatte Odin sie bereits völlig zerfetzt.

Ich flog weiter Kreise, konnte aber keine weiteren Mutanten entdecken.

Gemeinsam kehrten wir zu der Familie zurück. Es wurde nicht viel gesprochen. Wir brachen sofort auf und eilten auf die Nürnberger Innenstadt zu.

»Such Menschen!«, befahl mir der Hund.

Mit einem beinahe menschlichen Seufzer machte ich mich auf. Vorsichtig flog ich zwischen den Häusern durch.

Da, eine fette Maus. Drängend machte sich mein leerer Magen bemerkbar.

»Vergiss es!« Odin war für die Suche noch mental mit mir verbunden.

»Auf die Minute wäre es doch nicht angekommen.« Übellaunig flog ich weiter.

Nahe einer großen Kirche fand ich mehrere bewohnte Häuser.

Odin rief mich sofort zurück. Er würde Erik vermitteln, wo die Menschen waren. Erik konnte es dann dem alten Mann erklären.

Beim Rückflug ließ ich es mir nicht nehmen, ein paar fette Mäuse zu fangen. Schließlich kann man hungrig nicht vernünftig kundschaften.

Als ich ankam, war die Familie bereits zur Stadt aufgebrochen.

Wir zogen noch zwei Stunden nach Süden. Bei Anbruch der Nacht suchten wir uns ein sicheres Lager.

Erik entfachte ein kleines Feuer. Die Menschen aßen ein paar Konserven. Odin hatte sich unterwegs ein Wildschwein gefangen. Er lag satt und zufrieden etwas abseits. Giada und Erik diskutierten über das weitere Vorgehen.

»Wenn du deine Familie retten willst, solltest du deine Fähigkeiten mit dem Schwert trainieren.«

»Was stimmt mit meinen Fähigkeiten nicht? Bisher habe ich jeden Gegner geschlagen.«

»Na ja, bei den südlichen Roks war's ziemlich knapp, oder?«

Da konnte Erik nicht widersprechen. »Zugegeben. Aber was soll es helfen, wenn ich mit dir übe? Du bist ein Mädchen. Außerdem haben wir keine Zeit.«

Giada ließ sich nicht provozieren. »Offensichtlich will Hajo deiner Familie nichts tun, sonst wären sie schon längst tot, oder meinst du nicht? Ein wenig Zeit haben wir also. Und ja: Ich bin ein Mädchen. Dafür kämpfst du wie ein Bauer.«

Erik war nicht überzeugt.

»Erik, du hast ein magisches Schwert. Dein Schwertmeister sollte dir gezeigt haben, wie man es stimmt.« Giadas Stimme wurde immer eindringlicher. »Wenn du dich daran hältst, wird es dir den besten Weg zum Sieg zeigen. Schwingst du es weiter wie einen Dreschflegel, wird es dich irgendwann im Stich lassen.« Der Ernst in Giadas Stimme tötete Eriks Sarkasmus.

»Mein Schwertmeister hat mir erklärt, dass

ich keine Magie wirken kann. Ich kann das Schwert nicht stimmen.«

Erik stand auf. »Aber vielleicht hast du recht. Lass uns üben! Es wird auch ohne Magie gehen.«

Giadas Augen glühten. Ein Lächeln umspielte ihre Lippen. Sie stellten sich gegenüber auf. Odin öffnete träge ein Auge.

»Warum singst du nicht?«, fragte Erik.

»Wenn ich mein Schwert stimme, wird es versuchen, dich zu töten. Zum Üben wird es auch bei mir ohne Magie gehen.«

Erik schüttelte den Kopf, ging aber kommentarlos in Stellung.

Um ein Gefühl füreinander zu bekommen, tauschten sie die ersten Schläge in Zeitlupentempo aus.

Dann nahmen sie Fahrt auf. Erik war schnell. Ich konnte seine Bewegungen kaum erkennen. Doch Giada bewegte sich wie ein eleganter Schatten um ihn herum. Sie blockte Eriks kraftvoll geführten Hiebe nicht einfach ab. Sie wich aus oder lenkte Eriks Schwert locker ab.

Während Erik versuchte, aus dem festen Stand zu kämpfen, war Giada ständig in Bewegung. Erik versuchte ein paar Finten; erfolglos. Er schnaufte.

»Komm schon! Ich bin nur ein Mädchen.« Giada lächelte. Dann schaltete sie um auf Angriff. War ihre Defensive noch an Eriks Tempo angepasst, so war es jetzt, als ließe man einen Hurrikan los. Ihr Lächeln war nun fast strahlend.

Einige Sekunden schaffte es Erik, ihre Klinge abzublocken. Dann flog sein Schwert zu Boden.

Giada stoppte den Angriff. »Mädchen, ja!?«, lachte sie.

Erik war geschockt. »Wie hast du das gemacht? Das ist nicht möglich.«

»Ich kann es dir zeigen.«

»Für heute ist es genug! Wir sollten ausruhen. Morgen nehmen wir die Verfolgung wieder auf.«

Damit wurde der Tag beendet. Alle aßen noch etwas. Gespräche kamen nicht mehr zustande.

Nach dem Essen legten sich die Menschen schlafen. Giada heute ganz nah bei Erik.

Mir war noch nicht nach schlafen. Ich genoss die Dunkelheit und flog noch ein paar Runden durch den Wald. Da erregte ein fetter schlafender Spatz meine Aufmerksamkeit. Meine Krallen waren das Letzte, was er in seinem Leben wahrnahm. Er fiepte einmal kurz auf, als ich ihm das Genick brach.

Nach der Mahlzeit suchte ich mir auch einen bequemen Schlafplatz.

Am nächsten Morgen brachen wir Richtung Cham auf. Von dort aus wollten wir in den Bayerischen Wald eintauchen. Erik war sich sicher, dass Hajo diese Route nahm.

Die nächsten Tage verliefen immer gleich. Tagsüber wanderten wir. Odin und ich sicherten den Weg. Roks begegneten wir nicht.

Abends trainierten Giada und Erik.

Eriks Stimmung besserte sich sichtlich auf. Seit Giada bei uns war, lachte er wieder öfter.

Als wir zum letzten Mal lagerten, bevor wir in den Bayerischen Wald eintauchten, erklärte Giada, was es mit dem Stimmen ihres Schwertes auf sich hat: »Das Schwert ist magisch, nicht einfach kalter Stahl. Es ist extra für mich geschmiedet worden. Wenn ich alle Regeln beachte, verschmelzen wir im Kampf zu einer Einheit. Wieso kannst du dein Schwert nicht stimmen? Was hat dir dein Meister erzählt?«, wollte Giada wissen.

Erik überging die Frage. »Worin genau liegt der Unterschied? Ich bestimme doch, wo und wie mein Schwert schlägt. Und nur durch Training werde ich besser.«

Giadas Stimme war völlig ernst. »Den Unterschied bemerkt man, wenn man die Klinge zum ersten Mal gestimmt in den Kampf führt. Sie will dann töten. Es ist, als hätte sie ein eigenes Leben. Sie reagiert auf die Gedanken, so als wären keine Muskeln zwischengeschaltet. Besser kann ich es dir nicht erklären.«

»Dann kann also jeder Depp mit so einer Waffe einen Kampf gewinnen?«

»Nein, so einfach ist es nicht. Es bedarf eines

guten Kämpfers, solch eine Waffe zu führen. Es ist mehr so, als würde sich das Können des Kämpfers verdoppeln. Von einem Depp würde sich das Schwert nicht führen lassen.«

Erik ließ das Gehörte kurz auf sich wirken.

»Ich glaube, den Grundsatz habe ich verstanden. Und wie wird es gestimmt? Nur der Gesang ist es doch nicht, oder?«

»Wenn du das Schwert in das Blut eines Gegners tauchst und dabei deine eigene Melodie findest, stimmst du die Waffe mit dieser Melodie zum ersten Mal. Sobald du die Melodie dann wieder anstimmst, wird die Klinge töten wollen. Sie ist dann nur schwer zu bremsen.«

Erik nickte. »Deshalb kein Singen beim Training.«

»Richtig. Mein Schwert würde dich sonst töten wollen.«

»Und ungestimmt ist es nur ein normales Schwert?«

»Ja, eine gute, aber normale Waffe.«

Erik schauderte. »Ich mag normale Waffen.« Er strich Giada mit der Hand über den Nacken.

Dann wandte er sich zu mir. »So, Zach. Ich möchte, dass du die Nacht nutzt und auf die Suche nach Hajo gehst. Er ist irgendwo vor uns in diesem Wald, das kann ich spüren. Aber wir müssen es genau wissen.«

Als Antwort erhob ich mich in die Luft. Fragend kreiste ich um den Hund.

Erik grinste. »Nein, Odin muss uns hier den Rücken decken. Du kundschaftest alleine.«

Träge erhob sich der Hund. Sein »Hau schon ab!« dröhnte in meinem Kopf.

Also flog ich alleine los. Genau genommen freute ich mich darauf, in die Nacht zu fliegen. Das grelle Licht tagsüber konnte ich kaum ertragen.

Immer in Schleifen fliegend bewegte ich mich durch den Wald. Ich ließ mich diesmal auch nicht von den vielen kleinen Beutetieren unter mir ablenken.

Gegen Mitternacht erkannte ich in der Ferne ein Lagerfeuer. Unbehaglich erinnerte ich mich an die Uhus. Ich stieg weit über die Baumwipfel hinaus in den Nachthimmel. So zeichnete sich zwar meine Silhouette gegen den Mond ab, aber die Uhus konnten mich nicht so schnell entdecken. Und wenn doch, konnten sie mich zumindest nicht so hoch über ihnen angreifen.

Ich kreiste einmal über das Lager.

Ja, es waren Hajos Plünderer. Alle schienen zu schlafen. Ich wurde nicht entdeckt. Sofort machte ich mich auf den Rückweg. Ich flog knapp über dem Boden. Immer im Schutz der Büsche. Gerade tauchte ich vor einem Haselnussstrauch wieder in die Höhe, als ich den Hauch eines Flügelschlags wahrnahm.

Ein schneller Blick nach hinten.

Eine Schleiereule war knapp einen halben Meter hinter mir. Sie schien nicht zu Späßen aufgelegt.

Ich ließ mich ins Leere fallen. Zentimeter vor dem Boden fing ich mich ab, flog waagerecht weiter, schoss durch den Farn und »jiiiip«, ich spürte eine Kralle in meinem Nacken.

Sofort schwenkte ich nach links und fing an, Haken zu fliegen.

Die Eule ließ sich nicht abschütteln.

Die Bäume flogen an uns vorbei. Nur Millimeter trennten mich von den tödlichen Krallen.

Langsam verließ mich die Kraft. Panik stieg in mir auf. Ich flog wieder höher. Da, vor mir die alte Buche! Zwei eng nebeneinanderliegende Zweige.

Ich verringerte kaum merklich mein Tempo. So, dass mich die Krallen meines Gegners wieder leicht berühren konnten. Wenn mein Einfall nicht gelang, war ich verloren. Arme Lea; kein Held für sie.

Ich schoss zwischen den beiden Ästen durch. Einige meiner Bauchfedern blieben im Holz hängen.

Unmittelbar hinter mir erklang ein lautes Knacken. Ich flog in einem Bogen zu dem Engpass zurück. Da hing die Schleiereule zwischen den Ästen. Den Kopf im 90-Grad-Winkel zum Körper abgeknickt.

Tja, war wohl zu fett, die Gute.

Innerlich aufatmend setzte ich meinen Weg

fort. Ohne weiter behelligt zu werden, erreichte ich meine Gefährten.

»Bist du okay?« Odin wirkte fast besorgt.

»Ja, bin noch aus einem Stück.« Dann ließ ich für ihn die letzten Stunden noch einmal Revue passieren. Bei dem Angriff der Eule blickte er kurz auf, kommentierte es aber nicht.

Als Odin Erik den Weg zu den Plünderern erklärte, suchte ich mir einen bequemen Ast zum Schlafen.

Am nächsten Morgen zogen wir früh los.

In gewohnter Formation: Odin an der Spitze, ich in der Luft zum Absichern.

So tauchten wir immer tiefer ein in den Bayerischen Wald.

Odin hielt jetzt ununterbrochen den Kontakt mit mir. Unter mir bewegte sich ein Rudel Wölfe auf meine Kameraden zu.

»Weiter!«, klang es in meinem Kopf. Laut hörte ich ein bedrohliches Knurren: Odin.

Das Rudel schwenkte ab. Auch die Wölfe wollten sich nicht mit dem Hund anlegen.

Das Unterholz wurde immer dichter. Seit den Wölfen war mir kein Tier mehr begegnet. Kein Laut war zu hören. Die kleinen Federn in meinem Nacken richteten sich auf. Meine Augen nahmen eine wischende Bewegung wahr. Der Rok strich nur wenige Meter neben mir durch das Unterholz. Begleitet von neun weiteren Mutanten und fünf ihrer hässlichen Hunde. Für Roks bewegten sie sich mit einer ungewöhnlichen Harmonie.

Vorsichtig stieg ich höher, bemüht, kein Geräusch zu verursachen. Sicher, dass Odin alles mitbekommen hatte, drehte ich ab.

Als ich meine Gefährten erreichte, sagte Erik gerade: »Wir gehen mitten durch sie hindurch. Wenn wir noch mehr Zeit verlieren, entkommt uns Hajo.«

»Es sind südliche Roks, Erik. Das wird nicht einfach.« Giada war skeptisch, machte sich aber kampfbereit.

»Führ uns!«, hallte Odins Befehl in meinem Kopf.

Lea, dachte ich, hoffentlich erfährst du davon.

Ich flog voraus.

Ein paar Flügelschläge später sah ich sie. Ich flog Kreise über die Gegner, damit Odin sich durch meine Augen einen Überblick verschaffen konnte. Da stürzte sich Erik bereits auf den Anführer der Horde. Sein Schwertstreich sollte den Rok in zwei Hälften spalten. Doch der wich wie ein Schemen zur Seite. Sein Schwert fand wie von selbst den Weg in seine Hand. Blitzschnell stieß er nach Eriks Unterleib. Abwehren konnte Erik nicht mehr. Er sprang über die zustoßende Klinge, rollte sich ab und kam hinter dem Rok wieder auf die Beine. Na ja, fast. Auf halber Höhe krachte ein Rokhund in ihn hinein.

Im Fallen zog Erik sein Messer und stieß es dem Monster in die Rippen. Jaulend brach der Hund über ihm zusammen. Mit beiden Beinen katapultierte Erik das sterbende Tier Richtung Rok, griff nach seinem fallengelassenen Schwert und stand dem Anführer der Meute wieder kampfbereit gegenüber.

Die zwei gingen aufeinander los. Von den Schwertern konnte ich nur noch blitzende Schatten erkennen. Beide Kämpfer rangen um Atem. Eriks Arme und seine Schulter bluteten. Das gelbliche Leuchten stahl sich in seine Augen.

Eriks Bewegungen wurden schneller. Ein tiefes Grollen kam aus seiner Kehle. Er lächelte. Die Luft um die Kämpfer schien zu vereisen.

Der große Rok konnte nicht länger gegenhalten. Erik zerschmetterte das Schwert seines Gegners. Das gelbe Leuchten in seinen Augen wurde immer intensiver. Der Rok wusste, dass er sterben würde. Sein Körper straffte sich für den Todesstoß. Aber zwei weitere Roks warfen sich auf Erik.

Ich war von dem Kampf so gefesselt, dass ich kaum bemerkte, wie Odin ein paar Büsche daneben mit drei Rokhunden rang. Ein wild wirbelndes Chaos aus Reißzähnen.

Odin hatte aus seiner ersten Begegnung mit den Monstern gelernt. Innerhalb weniger Flügelschläge hatte er die drei Bestien zerrissen. Er wollte sich gerade auf sein nächstes Opfer stürzen, als ihn die Kriegskeule eines Roks erwischte. Stumm brach er zusammen. Die Verbindung zu mir zerriss.

Mein Gehirn fühlte sich an, als würde es leergesaugt. Ich stürzte ab. Hart schlug ich auf dem Boden auf.

Reiß dich zusammen, dachte ich und hob sofort wieder ab. Gerade rechtzeitig, um zu sehen, wie die letzten zwei Rokhunde und ihr Herr Odin den Rest geben wollten.

Ich stürzte auf das vordere Monster zu, schlug ihm meine kleinen Krallen in die Augen und stieg sofort wieder hoch.

Die Ablenkung wirkte nur kurz. »Odin, pass auf!«, kreischten meine Gedanken, aber nichts tat sich.

Der Rok hob sein Schwert, die Bestien warteten. Das Schwert erreichte seinen Zenit.

Panik stieg in mir auf. Odin hatte keine Chance. Das Schwert sauste auf ihn hinunter, fiel dann zu Boden. Der Rok sackte in die Knie. Ohne Kopf. Der landete direkt neben dem Schwert.

Giada hatte die Arena betreten. Ihr Schwert, durch ein leises Lied von ihr gestimmt, suchte mit leuchtenden Runen nach weiteren Opfern. Fand sie in den zwei Rokhunden. Ein einziger Hieb köpfte beide.

Inzwischen stand Erik gegen vier Gegner. Eingespielte Kämpfer, die ihn gleichzeitig angriffen. Ihr Anführer, Ragur riefen ihn seine Leute, war auch wieder dabei. Er erwischte Erik mit einem tiefen Schnitt über der Brust.

Doch statt zu stöhnen, wurde Eriks Lächeln breiter, das gelbe Leuchten seiner Augen wurde zu einer leuchtenden Flamme.

Sein Gegenangriff kam mit brachialer Gewalt. Die Ordnung seiner Gegner löste sich auf.

Erik schien die Verletzungen nicht zu bemerken. Sein Hieb zerteilte die Klinge eines Roks. In derselben Bewegung zermatschte seine Faust das Gesicht eines weiteren Gegners.

Mit leuchtender Klinge ging Giada auf Ragur los. Ihre elegant geführten Hiebe trennten ihn von seinen Leuten.

»Hierak!« Mit einem unmenschlichen Schrei drehte sich der Rok vom Kampf weg und flüchtete. Seine verbliebenen Kreaturen folgten ihm.

Giada lief zu Erik.

»Schtank!«

Giada schaffte es gerade noch, ihr Schwert zwischen sich und der von Erik geführten Klinge zu bringen.

»Verdammt, Erik, ich bin's!«

Erik holte erneut aus. Er wirkte jetzt verwirrt.

Giada beobachtete, wie das gelbe Licht in Eriks Augen langsam erlosch. Er ließ sein Schwert fallen und sackte auf die Knie.

Vorsichtig bewegte sich Giada auf ihn zu.

»Was war das?«, murmelte Erik.

»Erik?« Vorsichtig, das Schwert immer noch in Abwehrhaltung, näherte sie sich ihrem Gefährten.

»Bin okay.« Erik nahm sein Schwert, stand schwerfällig auf und drehte sich zu Giada. »Deshalb kann ich keine Magie bewirken«, murmelte er.

Laut fiepend flog ich dazwischen. Hatte denn keiner bemerkt, dass sich Odin nicht mehr bewegte?

Langsam begriffen die zwei. Erik stürzte zu Odin. Behutsam tastete er ihn ab. »Er lebt«, erklärte Erik erleichtert.

»Lass uns eine Trage bauen und schnell von hier verschwinden! Vielleicht holen die Roks nur Verstärkung.« Sanft kraulte Giada Odin beim Sprechen den Kopf.

Erik baute die Trage. Giada hielt Wache. Ich saß an Odins Kopf. Direkt hinter seinem Ohr war eine faustgroße Beule gewachsen. Sein Atem ging schwer.

Erik bettete den Hund auf das Gestell, und wir zogen los.

Wir waren knapp zwei Stunden unterwegs, als wir einen brauchbaren Lagerplatz fanden. Die beiden Menschen kümmerten sich um den Hund, während ich Wache hielt.

Nur langsam kam wieder Leben in Odin. Wackelig kämpfte er sich auf die Beine. Dann sah er Erik lange in die Augen.

Schließlich legte er sich wieder hin und schlief sofort ein.

Giada schaute Erik fragend an.

»Meine Verbindung zu ihm ist unterbrochen.« Erik war erschüttert.

»Das heißt genau?«, fragte Giada.

»Keine Verbindung zum Hund heißt, Zach kann uns nicht mitteilen, in welche Richtung wir müssen. Warnen kann er uns auch nicht. Er versteht mich zwar, wenn wir nah zusammen sind, ich ihn aber nicht. Damit sind wir fast blind.«

Der Meister

Nun war Erik nicht mehr alleine. Ruhelos streifte er durch Brandenburg. Odin immer an seiner Seite.

Seit sie den Züchter vor einer Woche verlassen hatten, war ihnen weder Mensch noch Rok begegnet.

Abends am Lagerfeuer versuchte Erik, seine Gedanken zu sammeln.

Er sah Odin an: »Vielleicht hilft es, wenn ich dir erzähle, was wir machen könnten. Eigentlich isses ja egal. Aber ein Ziel zu haben macht alles leichter, findest du nicht?«

Odin schnurrte nur gelangweilt.

»Okay, du musst nicht antworten. Mein Trainer beim Bund, Özdem, hat mir immer von seinem Meister erzählt, ein Koreaner namens Chong. Soll auch ein genialer Schwertkämpfer sein. Wenn er noch lebt, könnte ich vielleicht bei ihm was lernen. So wie es mit den Schusswaffen zu Neige geht, schadet es bestimmt nicht, mit einem Schwert umgehen zu können. Was meinst du, Hund? Ein Ziel ist doch so gut wie das andere.« Erik glaubte, eine leichte Bestätigung zu fühlen. Außerdem bekam er Kopfschmerzen. Smalltalk mit einem Hund war ganz schön schwierig.

»Er soll in Hamburg einen Dojang geleitet haben und sich privat in so'm Nordseenest zurückgezogen haben. Irgendwas mit Besen ... warte, nicht Besen, Bensersiel heißt das Nest. Die Chance, dass er noch lebt, ist zwar gering, aber einen Versuch ist es wert.« Diesmal konnte Erik die Zustimmung ganz deutlich spüren. Seine Kopfschmerzen wurden schlimmer.

Er stand auf und lief ein paarmal ums Feuer. Die Verbindung mit Odin war ihm nicht geheuer. »Also gut. Morgen gehts los.«

Prasselnder Regen begrüßte die zwei Gefährten am Morgen.

Erik packte die Ausrüstung zusammen. Odin verschwand im Wald. Zum Aufbruch war er wieder da. Blut tropfte noch von seinen Lefzen.

Erik war seit Ausbruch der Seuche alleine unterwegs. Er gewöhnte sich nur langsam an seinen Begleiter.

Die ersten Tage bewegte er sich mit der gleichen Anspannung wie bisher. Doch nach und nach realisierte er, dass Odin unablässig den Weg sicherte. Zum ersten Mal seit seiner Flucht aus der Kaserne konnte er sich entspannen.

Das vereinfachte auch die mentale Verbindung zu dem Hund. War bis jetzt jeder Kontakt unangenehm, so entwickelten sich nun schnell so etwas wie telepathische Gespräche.

Es dauerte ungefähr drei Wochen, dann konnten sich die zwei praktisch telepathisch unterhalten. Zumindest in knappen Gesprächen.

Erik hatte die Richtung nach Lüneburg eingeschlagen. Bis dahin gab es kaum Ansiedlungen. Und die wenigen, auf die sie trafen, waren unbewohnt.

»Odin, morgen erreichen wir die Stadt. Ich muss mir neue Klamotten besorgen. Und unsere Vorräte auffüllen.

Der Hund knurrte: »Ich fühl mich nicht wohl in einer Stadt. Da stinkt alles.«

Erik musste lachen. »Wenn das unser einziges Problem ist.«

In einem kleinen Waldstück am Rande von Lüneburg schlugen sie ihr Lager auf. Während Erik Brennholz suchte, ging Odin auf die Jagd.

Erik stapelte die gesammelten Zweige, stopfte etwas trockenes Laub unter die Äste und versuchte, mit seinen letzten Streichhölzern ein Feuer zu entzünden.

Als die ersten Flammen knisterten, kam der Hund zurück. Im Maul einen fetten Hasen. »Für dich.«

Erik nickte dankend. Bisher hatte Odin noch nie für ihn gejagt.

Er zog dem Hasen das Fell ab, nahm ihn aus und brutzelte ihn über dem Feuer. Gedankenverloren beobachtete er, wie die tanzenden Flammen den Hasen langsam schmorten. Ihm lief das Wasser im Mund zusammen. In den letzten Monaten hatte er sich vorwiegend von Konserven ernährt.

Nach dem Essen kam der Hund zu Erik, ging in den Vorderläufen runter, wedelte mit dem Schwanz und knurrte Erik leise an.

Erschrocken wich Erik zurück. Doch dann verstand er, was Odin wollte. »Du willst spielen.«

Ein freches Leuchten stahl sich in Odins Augen.

»Na gut.« Erik stand auf.

Kaum war er auf den Beinen, sprang Odin ihn an und warf ihn auf den Rücken. Mit gebleckten Zähnen näherte er sich Eriks Gesicht.

»Verdammt!« Erik wollte gerade Odins Hals fassen, als die nasse Zunge des Hundes über sein Gesicht leckte.

Erik musste lachen.

Odin sprang zurück und knurrte ihn wieder an.

»Also gut. Du hast es nicht anders gewollt.« Blitzschnell sprang Erik auf und warf sich auf den Hund.

Eine halbe Stunde lang rangelten, pufften und kämpften die zwei. Odin zwickte Erik immer wieder spielerisch.

Schließlich lehnte sich Erik erschöpft an einen Baumstamm. Er hatte sich lange nicht mehr so entspannt gefühlt.

»Du hast dich wohl ziemlich zurückgehalten, oder?«

Er bekam keine Antwort. Nur etwas wie ein

schelmisches Grinsen schien in Odins Gesicht aufzuleuchten.

Lachend kraulte er dem Hund den Kopf. »Dachte ich mir.«

Odin stupste ihn noch einmal mit dem Maul an und bewegte sich dann vom Feuer weg, um die Wache zu übernehmen.

Erik wickelte sich zufrieden in seine Decke und schlief sofort ein.

Am nächsten Morgen machten sie sich auf in die Stadt. Odin als Vorhut. Erik folgte einige Meter dahinter.

Aufmerksam beobachteten sie die Häuser. Die Stadt wirkte wie ausgestorben.

Ein riesiger Supermarkt erregte Eriks Aufmerksamkeit. Er gab Odin ein Zeichen.

Vorsichtig näherten sie sich dem Eingang.

»Lass mich vorgehen!«, hallte es in Eriks Kopf.

»Okay.«

Odin schlich an den Kassen vorbei in die Verkaufshalle. »Alles ruhig.«

Erst jetzt betrat auch Erik den Laden.

Er füllte seine Vorräte mit Konserven und vakuumverpacktem Schwarzbrot auf. Die frischen Sachen waren nicht mehr genießbar. Für eine besondere Gelegenheit packte er eine große Tafel Rahm-Mandel-Schokolade ein. Gemeinsam verließen sie den Supermarkt.

Erik machte gerade einen Schritt Richtung Straße, als Odins Warnung in seinem Kopf hallte.

Was war los? Erik konnte keine Gefahr erkennen.

»Unten, am gelben Haus. Acht Menschen. Oder etwas Ähnliches.«

Erik drückte sich zurück in den Eingang.

»In der anderen Richtung sind auch welche.«

»Gut, lass uns zusehen, ob wir friedlich an ihnen vorbeikommen!« Die letzten Monate konnte Erik Auseinandersetzungen meistens aus dem Weg gehen.

Langsam setzte er sich in Bewegung. Odin hielt sich leicht versetzt hinter ihm.

Als sie dichter an die Menschen herankamen, konnte Erik ihre Gesichter erkennen; eitrige, von Masern zersetzte Fratzen.

»Odin, das sind keine Menschen. Verflucht, sie scheinen lebendig zu verfaulen. Lass uns abhauen!«

»Zu spät. Der zweite Trupp hat uns den Weg abgeschnitten.«

Die Kreaturen rannten jetzt auf sie zu. Ein paar von ihnen hatten Messer in den Händen.

»Dreck.« Erik riss ein Brett von einer alten Beetumrandung und stellte sich damit seinen Gegnern. Da flog ein Schemen an ihm vorbei: Odin. Erik setzte sofort nach. Doch was er sah, ließ ihn wieder stoppen. Er hatte das Gefühl, Eis würde seinen Rücken hinunterlaufen. Der Hund brauchte keine Hilfe! Innerhalb von Sekunden hatte Odin die Kreaturen zerfetzt.

Schnell sah sich Erik um. Der zweite Trupp war geflohen. Er ließ die Latte fallen.

War es vorher schon schwer zu sagen, um was es sich bei den Kreaturen handelte, so ließ die blutige Masse, die Odin übriggelassen hatte, nichts mehr erkennen.

Zum ersten Mal in seinem Leben stand Erik bewegungslos, mit offenem Mund, einer Situation gegenüber.

Odin kam mit hoch erhobenem Schwanz auf ihn zu stolziert.

»Ich sollte dich jetzt wohl loben?« Erik kraulte Odin das kurze Fell zwischen den Augen. »Was zum Teufel bist du?«

Als Antwort bekam er wieder nur einen schelmischen Blick. Allerdings verfehlte der Blick durch das ganze Blut im Fell seine Wirkung.

Sie wanderten noch ein paar Stunden Richtung Hamburg.

Bei Einbruch der Dämmerung lagerten sie auf einer kleinen natürlichen Lichtung.

In dieser Nacht fand Erik kaum Schlaf. Die letzten Monate hatte er ohne groß nachzudenken in den Tag hineingelebt, doch heute fragte er sich zum ersten Mal ernsthaft, was mit dieser

Welt passierte, warum er nicht krank geworden war. Gab es Menschen, die immun waren? Und warum, zum Geier, hatte ihn das Schicksal mit diesem Hund zusammengeführt? Wenn Odin denn überhaupt ein Hund war.

Nach einer erfolglos durchgegrübelten Nacht stand Erik am nächsten Morgen mürrisch auf. Mit dem Frühstück hielten sie sich nicht lange auf.

Mehrere Tage wanderten sie unbehelligt auf Hamburg zu. Sie mieden Städte und Dörfer, hielten sich abseits der Straßen, und Odin sicherte als Vorhut den Weg.

Als sie die ersten Ausläufer von Hamburg erreichten, wechselten sie ihren Rhythmus. Von nun an wanderten sie nachts. Tagsüber schliefen sie in leeren Häusern. Odin gefiel die Enge der Häuser gar nicht. Bei jedem noch so unbedeutenden Geräusch war er sofort auf den Beinen.

»Entspann dich, Hund! Wenn wir den Schwertmeister finden wollen, werden wir ein paar Tage in der Stadt bleiben müssen. Er soll in der Nähe der Reeperbahn ein Dojo geleitet haben.«

Odin grollte nur leise.

»Ich weiß, dass es dir nicht gefällt, in der Enge der Häuser zu bleiben.«

Doch Odin reagierte gar nicht. Die Ohren und Rute aufgerichtet, stand er am Fenster. Kein Muskel zuckte.

»Wir müssen weg.« Odins Stimme hallte wie ein Alarm in Eriks Kopf.

Erik sprang auf, packte seine Sachen und bewegte sich zur Hintertür.

»Alle Bewohner versammeln sich auf dem Kirchplatz! Hier spricht das Militär! Alle Bewohner versammeln sich auf dem Kirchplatz!«

Abrupt blieb Erik stehen. Die Lautsprecher waren wie ein Déjà-vu. Er fluchte. Eine Flucht war schwierig, er war nie zuvor in Hamburg gewesen.

»War doch keine so gute Idee, den alten Dojang des Schwertmeisters zu suchen, was, Odin?«

Deutlicher als im Gesichtsausdruck des Hundes konnte man ein »Ich hab's ja gesagt« nicht ausdrücken.

Erik ging auf den Dachboden und zwängte sich durch die Luke aufs Dach.

»Sieht nicht gut aus. Unser Haus liegt mitten in ihrem Kessel«, hallte es in Eriks Kopf.

»Brechen wir durch?« Die mentale Verbindung zu Odin war glasklar.

»Nein, noch nicht. Sie haben Schusswaffen, da wird es schwer wegzukommen. Wir spielen erst einmal mit. Ich gehe raus, und du bleibst in der Nähe. Die Soldaten interessieren sich nicht für Hunde.«

Odin verschwand.

Erik trat aus dem Haus.

Zusammen mit Dutzenden anderen Menschen wurde er zum Kirchplatz geleitet.

Die Soldaten arbeiteten immer noch nach derselben Methode. Nur ihre Ausrüstung hatte sich verändert. Die weißen Schutzanzüge waren verschwunden. Die Soldaten trugen lediglich Atemschutzmasken.

Alle hielten ihre Gewehre bereit. Die Waffen zeigten nicht direkt auf die Menschen, doch die Drohung war offensichtlich.

Auch machten sie sich nicht mehr die Mühe, so zu tun, als wollten sie nur helfen.

Erik spielte erst einmal mit, hielt aber ständig Ausschau nach einer Möglichkeit, heimlich auszubrechen.

Die Menschen um ihn herum machten keinen kranken Eindruck. Wahrscheinlich lebten die Infizierten bereits nicht mehr. Doch wozu trieb das Militär sie dann zusammen?

Die Antwort auf diese Frage wollte Erik nicht abwarten. Er fürchtete, nicht mehr wegzukommen.

Die Menge rückte immer näher zusammen.

Langsam drängte er sich zum Rand der Menge. »Odin, halt dich bereit!« Erik hoffte, dass die Verbindung auch über die Entfernung funktionierte.

Erik spürte den Blick eines Soldaten. Der Mann sprach in sein Funkgerät.

Erik vergaß alle Vorsicht und bewegte sich

auf den Kämpfer zu. Der Soldat war so auf sein Funkgerät fokussiert, dass er Eriks Richtungswechsel zu spät bemerkte. Er riss seine Waffe hoch, doch Erik war schon an ihm dran. Er stieß ihm zwei Finger in die Augen. Die andere Hand knallte er dem Mann in den Kehlkopf.

Mit seinem letzten Zucken zog der Soldat den Abzug noch durch. Schreiend brach ein Mann in der Menge zusammen. Augenblicklich brach Panik aus.

Die Soldaten ließen alle Hemmungen fallen. Gnadenlos entluden sie ihre Gewehre in die Menge.

Erik war geschockt. Das Vorgehen der Armee machte überhaupt keinen Sinn. Aber darüber konnte er sich später Gedanken machen. Jetzt ging es nur ums Überleben. Er versuchte, die nächste Gasse zu erreichen.

Keine Chance! Alle Fluchtwege waren versperrt. Die Soldaten zogen den Kreis immer enger.

Eine Hand legte sich auf Eriks Schulter.

Eriks Faust zuckte hoch. Doch es war nur eine panische Frau. »Bitte! Helfen …« Sie konnte den Satz nicht zu Ende sprechen. Eine Kugel hatte ihr Auge durchschlagen.

Wut stieg in Erik auf. War die Armee, der er so loyal gedient hatte, zu einem Haufen Mörder verkommen?

Jede Deckung nutzend arbeitete er sich auf

einen Transporter zu. Sechs Soldaten standen ganz offen auf der Ladefläche und feuerten Kugel um Kugel in die Menge.

Erik gelang es, sich unbemerkt dem Fahrzeug zu nähern. Nur noch zwei Meter.

Ein heißer Schmerz zuckte durch seine Brust. Keuchend ging er in die Knie. Eine Kugel hatte eine lange Furche über seinen Brustkorb gezogen. »Verdammtes Pech!«

Jetzt bemerkten ihn auch die Soldaten auf dem Wagen. »Was haben wir denn da? Ein Lamm, das nicht geschlachtet werden will.« Lachend sprang der Soldat vom Wagen. Er baute sich vor Erik auf und trat ihm in die Rippen.

Schmerz durchzuckte Eriks Körper.

Immer noch lachend zog der Soldat seine Machete. Mit dem Fuß drückte er Erik zu Boden. Seine Kameraden achteten nicht auf sie.

Er holte mit der Machete aus, stutzte kurz; sein Opfer lächelte, und ein gelbes Licht hatte sich in seine Augen gestohlen. Doch der Soldat war gut ausgebildet. In Sekundenbruchteilen hatte er sich gefangen und schlug zu.

Krachend traf die Machete auf Beton. Erik war zur Seite gerollt. Sein Tritt brach dem Soldaten das Knie. Der sackte heulend zusammen.

Das gelbe Licht in Eriks Augen wurde heller. Beim Aufspringen knallte er seinem Gegner das Knie unters Kinn. Das Genick brach wie ein alter Ast.

Den Schwung nutzend sprang Erik auf den Transporter. Eine Kugel streifte seinen Arm. Das gelbe Leuchten wurde intensiver. In einer Bewegung zerfetzte er einem Soldaten den Kehlkopf und zermatschte dem nächsten die Hoden.

Eine Faust traf seine Nase, wurde nur mit einem breiteren Lächeln belohnt. Erik fasste den Schläger an Kinn und Hinterkopf. Ein trockenes Knacken begleitete den Genickhebel.

Erik drehte sich zu den letzten zwei Soldaten. Doch die wollten nicht mehr kämpfen. Sie flüchteten zu ihren Kameraden.

Schnell versuchte sich Erik, einen Überblick zu verschaffen. Zwischen ihm und dem nächsten Transporter war alles mit Menschen, lebenden und toten, verstopft. Kurz blieb sein Blick an dem Befehlshaber hängen; er kam ihm vage bekannt vor, war aber zu weit weg, um Einzelheiten zu erkennen.

Erik sprang ins Führerhaus. Er hatte Glück, der Schlüssel steckte. Der Motor sprang beim ersten Versuch an. Erik verließ mit Vollgas die Stadt. Niemand folgte ihm.

Plötzlich erbebte der Wagen.

»Was zum Teufel?« Eriks Fuß zuckte zur Bremse.

»Entspann dich! Ich bin's nur.« Odin war auf die Ladefläche gesprungen; bei vollem Tempo.

»Ich hätte ein wenig Hilfe gebrauchen können.« Erik schaute den Hund im Rückspiegel an.

Odin nahm den Vorwurf gelassen hin: »Nein, brauchtest du nicht. Außerdem wollte ich nicht in deine Nähe kommen. Du warst komisch.«

»Angst?«, fragte Erik verwundert. Aber er hatte keine Energie mehr, um die Frage weiter zu verfolgen. Das gelbe Licht in seinen Augen war erloschen. Sein ganzer Körper schmerzte.

»Hamburg war ein Reinfall. Lass es uns in Bensersiel versuchen! Vielleicht finden wir den Meister in seinem Wochenendhaus«, erklärte er dem Hund.

Langsam tuckerten sie Richtung Bensersiel. Alles war tot. Niemand begegnete ihnen.

Nach einer Stunde Fahrt fuhr Erik den Wagen in die Büsche. »Das Benzin ist alle. Wir müssen laufen.«

Von der Ladefläche kam nur ein leises Grummeln.

»Seit Monaten gibt es kein Benzin mehr. Nur die Armee scheint noch Vorräte zu haben.«

Obwohl bisher keine Verfolger aufgetaucht waren, verließen die zwei die Straße. Sie waren nicht direkt auf Bensersiel zugefahren und mussten nun einen Bogen laufen, um ihr Ziel zu erreichen.

Sie bewegten sich nur langsam vorwärts.

Erik gefiel das flache, menschenleere Land. »Wir könnten doch auch hierbleiben.«

»Hast du nicht ein Ziel?« Odin schaute Erik an.

»Na ja, ich weiß auch nicht.«

Erik blieb stehen, grinste, schaute Odin an und ging in die Knie. Odin nahm das Spiel an, knickte in den Vorderläufen ein und bellte Erik leise an.

Erik sprang auf den Hund zu, doch der war schon weg und animierte ihn schwanzwedelnd zum Weitermachen.

»Na warte!« Jetzt gab Erik richtig Gas. Doch Odin war jedes Mal einen Tick schneller. Dann sprang er seinem Herrn in die Arme. Beide kugelten über den Boden. Spielerisch schnappte der Hund nach Eriks Arm.

So tobten sie über eine Stunde. Bis zur völligen Erschöpfung.

Das Nachtlager war diesmal nur improvisiert. Aber so zufrieden waren beide lange nicht mehr eingeschlafen.

Vier Tage nach ihrer Flucht erreichten sie Wilhelmshaven.

»Möchtest du in die Stadt? Es leben noch Menschen dort.« Odin hatte seinen dicken Kopf auf Eriks Schoß gelegt. Der kraulte ihm gedankenverloren den Kopf.

»Woher weißt du das?«

»Bevor wir das Lager aufgeschlagen haben, war ich dort.«

»Mir ist nicht nach Menschen. Lass uns schlafen und morgen früh aufbrechen! Vielleicht haben wir tatsächlich Glück und finden den Schwertmeister.«

Nach einer eisigen, ungemütlichen Nacht zogen sie bei Sonnenaufgang los.

Sich nahe der Straße haltend erreichten sie gegen Abend Bensersiel.

Erik hatte keine Ahnung, wo sich der Meister aufhalten könnte. Er kannte nur die Adresse vom Dojo in Hamburg und wusste, dass er irgendwo in Bensersiel wohnen sollte.

Die Gefährten steuerten zuerst die Nordseetherme an, in der Hoffnung, dort auf Menschen zu treffen.

Um niemanden zu verschrecken, ging Erik vorneweg, und Odin folgte; ganz gehorsamer Haushund.

Wie erwartet war die Therme geschlossen. Sie zeigte bereits erste Anzeichen von Verfall.

An der Meeresseite saßen ein paar Menschen, eingepackt in Wolldecken, auf Liegestühlen in der Sonne. Freundlich beobachteten sie die Ankömmlinge.

Erik wurde nervös. Hatten sie Waffen unter den Decken?

Ein beruhigendes Grollen kam von der Seite. »Entspann dich! Ich wittere keine Gefahr. Außerdem wären sie nicht schnell genug.«

Erik blickte kurz zu seinem »Schoßhündchen«. Dann ging er zielstrebig auf die Leute zu.

116

Die Hände offen, vom Körper weghaltend. »Einen schönen Abend wünsche ich. Ist lange her, dass ich jemanden zum Reden getroffen habe.«

»Gibt ja auch nicht mehr viele.« Ein alter Mann stand auf und kam auf Erik zu. An seiner Hüfte baumelte eine altmodische Machete. »Von 230 Einwohnern leben noch 30. Und die haben gelernt, sich zu verteidigen.«

Erik lächelte den Mann an. Die Warnung war deutlich.

»Mein Name ist Erik Klein. Ich bin nicht auf Ärger aus. Ich suche jemanden.«

Der alte Mann schaute ihm in die Augen. Erik blickte nicht weg.

»Otto Böhm.« Der Alte hielt Erik die Hand hin. »Möchten Sie sich zu uns setzen?«

Erik schlug ein. »Gerne.«

»Schönen Hund haben Sie da.«

»Danke.«

Otto stellte Erik den Rest der Gruppe vor; drei Frauen und zwei Männern. Alle nicht mehr jung. Alle mit griffbereiten Waffen. Sie entspannten sich jetzt sichtlich.

»Wo kommst du her?«, fragte die Frau, die sich mit Ute vorgestellt hatte.

Erik zog sich einen Stuhl ran und setzte sich. Odin spielte weiter den Haushund und machte zu seinen Füßen Platz.

»Ist 'ne lange Geschichte. Bin seit Monaten auf dem Weg nach Bensersiel. In Hamburg hatte

117

ich einen Zusammenstoß mit Soldaten. Über Wilhelmshaven sind wir dann nach Bensersiel gelaufen.«

»Nichts für ungut, aber du siehst aus, als hättest du seit Monaten kein Bad gesehen. Und Dein Gesicht ist so zugewuchert, dass man nichts von dir erkennt. Wer sagt uns, dass du kein Irrer bist? Oder was Schlimmeres.« Die zweite Frau, Erna, war ziemlich direkt.

»Ich hab seine Augen gesehen«, warf Otto kurz ein.

Was auch immer das hieß, es genügte. Die Stimmung schwang um, das Eis schmolz.

Bisher hatte sich Erik keine Gedanken über sein Aussehen gemacht. Er hätte schwören können, der Hund würde grinsen. »Du stinkst wie ein Otter«, hallte es in seinem Kopf.

Wir haben gehört, dass die Armee Kranke in Lager bringt, um ihnen zu helfen«, sagte Otto, »vielleicht hätten sie bei uns auch ein paar Menschenleben retten können.«

»Sie töten sie«, erklärte Erik schroff, »ich habe es miterlebt.«

»Warum sollten sie das tun?«, fragte Otto.

»Die Ansteckungsgefahr ist zu hundert Prozent getilgt.« Erik zuckte mit den Schultern. »Ist nur 'ne Vermutung.«

Otto war ganz blass geworden. »Ich bring dich erst einmal zu einem Bad. Später können wir weiterreden.«

118

Er begleitete Erik zu einem kleinen Haus ganz in der Nähe.

Für die nächsten Stunden war Erik im Bad des Hauses verschwunden.

Als er sich zu Otto ins Wohnzimmer gesellte, dämmerte es bereits. Er war kaum wiederzuerkennen. Die Haare hatte er auf Schulterlänge gestutzt, den Bart abrasiert. Vor allem aber: Er stank nicht mehr.

»Siehst wieder aus wie ein Mensch. Gerade hätte man dich auch für eine dieser sonderbaren Kreaturen aus den Wäldern halten können.« Otto grinste. »Und die Nase beleidigst du auch nicht mehr.«

Erik ging auf das Flachsen nicht ein. Ernst fragte er: »Du hast Mutanten gesehn?«

»Eine Gruppe von sechs von denen streifte durch die Wälder. Ist drei Wochen her. Sie haben sich wie in Zeitlupe bewegt.«

»Du solltest nicht alleine durch die Wälder ziehen. Die Mutanten haben sich verändert. Sie sind nicht so harmlos, wie du glaubst. Und die Soldaten sind noch schlimmer.«

»Ja, sagtest du. Aber sie sollten uns doch beschützen.«

»Und genau das tun sie nicht. Geht ihnen aus dem Weg, wenn sie herkommen. Versteckt euch nicht in den Häusern!«

»Ich werd's mir merken und die anderen informieren. Doch jetzt zu dem Grund, weshalb du zu uns gekommen bist. Der Koreaner, den du suchst, wohnt in einem Bungalow direkt am Meer.«

»Der Schwertmeister?«

»Ob er ein Schwertmeister ist, kann ich nicht sagen. Er ist ein netter alter Herr. Weit über achtzig. Soll ich dich zu ihm bringen?«

Erik sprang auf. »Ja, lass uns gehen!«

Es dauerte nur ein paar Minuten, bis sie die Strandvilla erreichten.

Otto klingelte.

»Ja bitte, was gibt's?«, hallte es aus der Gegensprechanlage.

Erik erstarrte. Diese Stimme. Auch wenn sie verzerrt war. Er erkannte sie sofort.

»Otto hier. Ein Fremder, Erik Klein, möchte zu dem alten Mann.«

Stille am anderen Ende.

Dann wurde die Tür aufgedrückt.

Otto und Erik traten ein.

Ein junger Mann kam ihnen entgegen.

Er ignorierte Otto komplett.

»Ich glaub's nicht«, murmelte er und umarmte Erik, »du hast überlebt!«

»Özdem« – Erik blinzelte eine Träne weg – »nicht möglich!«

Die beiden Männer strahlten sich an.

Otto stand verdattert und von den anderen völlig ignoriert daneben.

»Die Jungs, die in Libyen waren, starben zuerst. Wie konntest du das überleben?« Özdem schaute Erik fragend an.

»Ich habe keine Ahnung. Ich bin aber nicht der Einzige. Hajo hat's auch geschafft.«

»Wo ist er? Euch gibt's doch nur im Doppelpack. Die Twins der Einheit.«

»Hmmm, du würdest ihn nicht wiedererkennen. Die Masern haben ihm seine Familie genommen. Das hat er nicht verkraftet.«

»Das tut mir leid«, meinte Özdem mitfühlend, »und was ist mit ihm?«

»Er gehört jetzt zu den Soldaten, die die Säuberungen durchführen.«

»Unvorstellbar! Ihr wart doch immer unzertrennlich. Sind wirklich schlimme Zeiten.«

»Umso mehr freue ich mich, dich zu sehen.«

Otto räusperte sich: »Ich geh dann mal.«

»Ja, danke.« Nur am Rande nahm Erik Ottos Abgang wahr.

»Du bist aber nicht wegen mir hier?« Fragend schaute Özdem Erik an.

»Nein, ich suche deinen Meister.«

»Warte einen Moment.« Özdem verschwand.

Erik schaute sich im Zimmer um. Die asiatische Handschrift war deutlich zu erkennen. Ein paar Minuten später kehrte Özdem zurück.

»Meister Chong empfängt dich. Folge mir bitte!«

Das hört sich an wie eine Audienz, dachte

Erik, schritt aber kommentarlos hinter Özdem her.

Sie betraten einen kleinen Dojang. In der Mitte saß ein uralter Mann im Schneidersitz auf dem Boden. Ein Schwert auf den Knien liegend.

»Sei willkommen, Erik Klein!« Die Stimme des Alten war klar und ohne jegliches Zittern.

Leicht unsicher antwortete Erik: »Hallo, ich freue mich, dass ich Sie gefunden habe, Meister Chong.« Erik verbeugte sich bei den Worten, wie er es bei Özdem gelernt hatte. »Özdem hat mir viel von Ihnen erzählt.«

Der alte Mann neigte leicht den Kopf. »Setz dich zu mir!«

Die Alpen

Nun saßen wir fest. Mitten im Bayerischen Wald.

Meine Verbindung zu Odin war unterbrochen.

Die Menschen hatten sich schlafen gelegt.

Nun, fliegen konnte ich auch ohne die Hilfe des Hundes. Und einer musste ja den Weg finden.

Ich traf eine Entscheidung und stieg auf Richtung Mond. Weit über die Gipfel der Bäume.

Ich begann, Kreise zu fliegen. Erst kleine, dann immer größere. Der Ausblick war unbeschreiblich.

Der Mond beleuchtete die Wipfel der Bäume. Kein Blatt bewegte sich. Es war so ruhig, ich konnte die Beute weit unter mir hören.

So sehr wie noch nie wünschte ich mir Lea an meine Seite.

Ich riss mich zusammen. Jetzt war nicht die Zeit für Melancholie. Ich musste einen Weg aus dem Wald finden. Meine Gefährten waren auf mich angewiesen.

Nach unzähligen Kreisen erreichte ich einen Fluss. Das musste das Wasser sein, das die Menschen Donau nannten. Giada und Erik hatten sich darüber unterhalten. Der Fluss führte in ein anderes Land. Von hier aus würde Erik den Weg finden.

Ich belohnte mich mit einer fetten Amsel, die auf einem Ast schlief. Sie hörte ihren Tod nicht kommen. Ich war gut in Form.

Gesättigt machte ich mich auf, zurück ins Lager zu fliegen. Als ich ankam, schliefen die Menschen noch. Ich ließ mich noch auf ein Nickerchen im Geäst nieder.

Mit der Morgendämmerung standen alle auf. Ich ließ sie noch frühstücken, dann begann ich, wild vor Erik herumzuflattern. In kurzen Stößen flog ich immer wieder einige Meter Richtung Süden. Dabei versuchte ich, den Kontakt mit ihm aufzunehmen. Aber es gelang mir nicht.

»Ich glaube, er will, dass wir ihm folgen.« Fragend schaute Erik Giada an.

»Dann los! Einen Versuch ist es wert.« Zögern war nicht Giadas Ding.

Schnell packten die zwei Menschen alles zusammen.

Odin schaute mich an. Ich konnte seinen Frust förmlich spüren. Ob er wohl gerade versuchte, Kontakt zu mir aufzubauen?

Langsam flog ich voran.

Ich fühlte mich wohl im Wald. Raubvögel konnten mich kaum sehen, und tagsüber schliefen die großen Eulen.

Unsere Wanderung war so ereignislos, dass ich meinen Hunger zwischendurch mit ein paar kleinen Waldmäusen stillen konnte.

»Zach, stopp! Wir rasten hier.« Erik hatte eine versteckte Lichtung als Rastplatz ausgemacht.

Die Sonne ging bereits wieder unter. Ich war so in Gedanken versunken, dass ich gar nicht gemerkt hatte, wie die Zeit verging.

Giada machte Feuer. Odin war im Wald verschwunden. Ich verkroch mich in einem Busch.

»Ob er weiß, was er tut?« Erik zweifelte immer noch an meinen Fähigkeiten. »Ohne Odin habe ich kaum eine Ahnung, was der kleine Kauz von mir will.«

»Bis jetzt hat er seine Sache doch gut gemacht. Vertrauen wir ihm einfach.« Giada hatte vollstes Vertrauen zu mir. Mir wurde ganz warm. Was für eine Frau!

»Haben wir eine Wahl?« Erik immer noch noch unsicher.

Giada rutschte näher an Erik heran. Ich konnte nun nicht mehr hören, was sie sprachen. War auch nicht so wichtig.

Schnell fing ich mir noch ein Häppchen zu Essen. Die Mäuse hier waren ziemlich unaufmerksam. Ich brauchte mich gar nicht anstrengen.

Gut gesättigt schlief ich ein.

Seite an Seite mit Lea flog ich durch den mondbeschienenen Wald. Gemeinsam steuerten wir die beschauliche kleine Höhle in der alten Eiche an. Der Eingang zwischen den knorrigen Ästen war kaum zu erkennen. In der Höhle kuschelte ich mich eng an Leas

Gefieder. Sie war pure Erotik! Die Temperatur in
der Höhle stieg immer höher. Mein Puls schlug mir
bis zum Hals …

»Kauz, aufwachen! Wir müssen los.«

Der Break kickte mich fast vom Ast.

Verdammt, es war nur ein Traum! Dabei so real! Ich wollte gar nicht zurück in die Realität.

Mühsam öffnete ich die Augen und … sah direkt in Eriks Gesicht. Er stand grinsend vor mir. Gestiefelt und gespornt würden die Menschen wohl sagen. Wie der Rest der Gruppe. Alle warteten auf mich.

»Unser kleiner Führer ist manchmal etwas seltsam, was meinst du, Giada?« Erik stupste die Kriegerin bei seinen Worten leicht an.

»Giada lachte: »Da ist er bei weitem nicht der Einzige. Muss wohl an den männlichen Genen liegen.«

»Hey, was soll das nun wieder heißen?«

Während die beiden weiter rumflachsten, schüttelte ich mich einmal kräftig und flog mit einem lauten »Huh-Huhuhu-Huuuh« los.

Scheinbar hatten meine Gefährten den Wink verstanden. Alle setzten sich in Bewegung.

Ich flog in Augenhöhe der Menschen. Was nicht so einfach war. Auch wenn der Herbst den Wald schon einige Blätter gekostet hatte, war alles noch ziemlich eng und düster.

Doch ich hatte die Richtung im Kopf, und wir erreichten nach knapp zwei Stunden den Fluss.

»Die Donau. Gut gemacht, Zach.«

Ich wurde gleich ein bisschen größer. Lob von Erik war selten.

Giada gesellte sich dazu. Sanft legte sie Erik die Fingerspitzen auf die Schulter. »Was meinst du, welche Richtung hat Hajo eingeschlagen?«

»Ich bin mir sicher, er will über die Berge. Bis jetzt ist er immer Richtung Süden gewandert.«

»Das denke ich auch. Lass uns dem Fluss bis in die nächste Stadt folgen! Der Winter kommt, und wir müssen uns eine neue Ausrüstung besorgen.«

»Dann los! Passau ist die nächste größere Stadt. In zwei, drei Tagen müssten wir sie erreichen.«

Ich flog wieder vor. Jetzt, da die Richtung klar war, zogen wir das Tempo an.

Wir kamen gut voran.

Das Plätschern des Wassers, das buntgefärbte Herbstlaub, die Sonne über den Baumwipfeln, alles war so romantisch, dass meine Gedanken schon wieder zu Lea abdrifteten. Völlig in Gedanken war ich bereits ans andere Ufer geflogen.

Schnell riss ich mich wieder zusammen. Zum Tagträumen war es hier viel zu gefährlich. Besonders für mich. Bei dem offenen Himmel könnte ein Habicht schnell Geschmack an mir finden.

Meine Gefährten hatten inzwischen ein gut geschütztes Lager, ganz nah beim Wasser, ausgemacht.

Erik baute eine provisorische Angel und versuchte sich im Fischen. Giada beobachtete die ganze Aktion ziemlich skeptisch.

Odin war bereits losgezogen, um sich was zum Essen zu jagen. Sein Frust über seine Schwäche begleitete ihn wie eine Aura.

Ich flog zur Absicherung noch ein paar Kreise und ließ mich dann auch in der Nähe des Lagerfeuers nieder.

Erik kehrte breit grinsend mit einem Dutzend Fische ins Lager zurück. Zwei der kleineren warf er mir zu.

Zögernd hüpfte ich um sie herum.

Fisch hatte ich nie zuvor probiert. Weil ich zu faul war, mir selbst noch etwas zu fangen, überwand ich mich und schluckte den kleineren Fisch.

War gar nicht so schlecht.

Beim zweiten hatte ich schon keine Skrupel mehr.

Odin gesellte sich auch wieder zu uns. Blut tropfte noch von seinen Lefzen. Mit einem bemerkenswerten Rülpser ließ er sich am Feuer nieder.

Wahrscheinlich würde er wieder die ganze Nacht schnarchen, so vollgefressen, wie er war.

Inzwischen hatten die Menschen auch gegessen und machten sich für die Nacht fertig.

Es wurde abends bereits ziemlich kühl. Deshalb legten sich Giada und Erik ganz nah zusammen. Gesprochen wurde nicht mehr. Alle wollten Kraft für den nächsten Tag tanken. Die Menschen hatten nicht einmal mit ihren Schwertern trainiert.

Giada schlief sofort ein.

Erik lag noch lange wach. Ich konnte sehen, wie er nachdenklich in den Himmel schaute.

Vorsichtig strich er Giada eine Haarsträhne aus dem Gesicht. Dann schlief auch er ein.

Bei Sonnenaufgang waren alle wieder auf den Beinen.

Schnell jagte ich mir ein Frühstück, dann flog ich los. Ich wollte einmal die restliche Strecke nach Passau abfliegen.

Kurz nach dem Start irritierte mich ein dumpfes Pochen im Kopf. Aber bevor ich mich weiter damit beschäftigen konnte, war es wieder verschwunden. Ich brauchte nicht lange für die Strecke. Feinde konnte ich keine ausmachen.

An der Stadtgrenze drehte ich ab. Die Stadt selbst würde ich alleine nicht richtig auskundschaften können.

Auf dem Rückweg drehte ich ein paar Runden über einer kleinen Hütte, bei der der Kamin rauchte. Doch so sehr ich mich auch anstrengte, ich konnte niemanden entdecken.

Unverrichteter Dinge flog ich weiter.

Meine Gefährten waren mir inzwischen bereits ein gutes Stück entgegengekommen.

»Erik, schau! Die Eule ist zurück.« Giada hatte mich zuerst bemerkt.

Beim Landen spürte ich wieder das dumpfe Pochen im Kopf; stärker diesmal.

Ich schaute zum Hund. Aber Odin war nichts anzumerken. Ich setzte mich an die Spitze der Truppe und passte mich ihrem Tempo an.

Gegen Abend näherten wir uns der einsamen Hütte. Ich bremste ab und flatterte vor Erik herum.

»Schon gut. Ich hab's kapiert. Giada, bleib kurz mit Odin hier! Ich schau mir mal an, was der Kleine hat.«

»Gut, wir warten.«

Erik folgte mir zur Hütte. Im Unterholz versteckt, beobachteten wir das Haus.

Eine halbe Stunde tat sich nichts. Erik entschied: »Wir gehen hin und sehen nach.«

Vorsichtig näherten wir uns dem Seitenfenster. Ich flog auf Firsthöhe einmal um die Hütte. Nichts war zu sehen. Es drangen auch keine Geräusche aus dem Haus.

Erik lugte durch das Fenster. Plötzlich wurde er ganz starr.

»Was willst du Bürschchen hier?« Die Machete an Eriks Halsschlagader bewegte sich keinen Millimeter. Der untersetzte bärtige Mensch war lautlos hinter Erik aufgetaucht.

»Ich bin nur vorsichtig. Wäre nett, wenn du

das Messer wegnimmst.« Erik machte noch einen ganz ruhigen Eindruck.

»'nen Teufel werd' ich tun! Wir geh'n jetzt schön …, scheiße! Was ist das?«

Jetzt hatten wir eine Patt-Situation. Odin war nicht zurückgeblieben. Während sich der Unbekannte auf Erik konzentrierte, war der Hund herangeschlichen und ließ nun seine Reißzähne über die Eier des Fremden kratzen. Ein leichtes Zucken von Odin würde das Kerlchen auf der Stelle kastrieren.

Die Geräusche aus der Kehle meines vierbeinigen Freundes hätten auch einen Tyrannosaurus in die Flucht geschlagen. Dafür hielt sich der Kerl ganz wacker.

»Leg das Messer weg, dann können wir uns ganz friedlich unterhalten.« Das Eis in Eriks Stimme ließ meine Nackenfedern aufstellen.

Odin brachte seine Zähne ein Stück näher zusammen.

Widerwillig ließ der Fremde seine Machete sinken.

»Odin, kannst loslassen!«

Das Knurren des Hundes konnte man durchaus als Nein interpretieren.

»Odin! Tu nicht so, als würdest du mich nicht verstehen.«

»Ist gut, Odin.« Giada trat aus dem Hauseingang heraus. Ein Wurfmesser verschwand gerade in ihrer Tunika.

Erik verdrehte die Augen. Wie gut alle auf mich hören, dachte er.

Odin ließ den Mann los und trat ein paar Zentimeter zurück.

»Wir könnten in meine Hütte gehen und darüber reden, wie es weitergehen soll. Falls ihr euren Hund dazu bewegen könnt, mich nicht zu kastrieren.« Der Mann wagte es noch nicht, sich zu bewegen.

»Auf einmal so friedlich?« Erik war sofort wieder misstrauisch.

»Na, wenn ihr mich umbringen wolltet, hätte mich deine kleine Freundin jederzeit mit ihrem Messer erwischt. Und das Monster scheint mir auch kein besonderer Menschenfreund zu sein.«

Erik überlegte kurz. »Gut, lass uns reingehen! Halt die Hände so, dass ich sie sehen kann.«

Ich flog als Erster in die Hütte und suchte mir einen Platz im Gebälk.

Die Menschen folgten.

Erik ließ den Fremden als Erstes setzen; Hände auf der Tischplatte. »So, jetzt nimm die Brille ab! Ich möchte wissen, mit wem ich es zu tun habe.« Erik hatte die Kontrolle übernommen.

Giada hielt sich im Hintergrund. Odin war im Schatten der Hütte verschwunden.

»Jan, mein Name ist Jan Engels.« Beim Sprechen nahm er die Brille ab.

Erik schluckte. Er blickte in zwei tote Augen.

Der Fremde war blind.

»Das ist nicht möglich. Niemand kann sich so an mich ranschleichen. Und schon gar kein Blinder.« Erik musste sich auch setzen.

»Ihr kennt jetzt meinen Namen. Wär' schön und auch nur höflich, wenn ihr mir eure Namen auch verratet.«

Erik nickte. »Ist nur fair. Meine Begleiterin heißt Giada, mein Name ist Erik.«

»Danke. Wenn ihr möchtet, erzähle ich euch, warum ich mich trotz meiner Blindheit lautlos bewegen kann. Allerdings nicht leiser als deine kleine Freundin.«

Giada setzte sich jetzt auch an den Tisch. »Wir hören uns gerne deine Geschichte an.« Ganz freundlich ergänzte sie: »Nennst du mich noch einmal seine kleine Freundin, trenne ich dir deine Zehen von den Füßen. Mal sehen, wie es dann mit Anschleichen ist.«

»Ihr Name ist Giada, falls du gerade nicht zugehört hast. Nun lass uns deine Geschichte hören!«

»Giada also.«

»Ja.« Giada wurde langsam ungehalten.

»Im Regal stehen ein paar Flaschen Wein. Die Geschichte dauert länger. Wir könnten dabei ein Schlückchen trinken.«

Giada holte eine Flasche, öffnete sie und goss dem Fremden ein. »Du zuerst.«

»Misstrauisch, deine kleine …«

133

Weiter kam er nicht. Blut tropfte von seinen Zehen.

»Du hast Glück gehabt, dass du nicht zu Ende gesprochen hast. So sind sie noch dran.« Lächelnd wie ein Engel setzte sich Giada wieder an den Tisch.

»Ich hab's kapiert«, meinte der Fremde.

Erik hatte die ganze Zeit das Gesicht des Mannes gemustert. »Jan Engels. Bevor du anfängst, aus welcher Gegend kommst du?«

»Ich bin in Dortmund geboren. Und … wir kennen uns. Von deiner Grundausbildung bei der Bundeswehr; ich war für kurze Zeit Ausbilder deiner Einheit. Als der Scheiß mit den Masern anfing, war ich aber schon lange nicht mehr bei dem Haufen.«

»Ich erinnere mich. Du warst ganz schön hart. Aber wie hast du mich jetzt, blind wie du bist, erkannt?«

Jan nahm einen Schluck Wein. »Das gehört mit zu meiner Geschichte:

Nach meiner Zeit bei der Bundeswehr bin ich zurück ins Ruhrgebiet. Ich hab ein paar Jahre als Technischer Zeichner in der Firma meines Bruders gearbeitet. Als die Masern ausbrachen, war ich gerade im Urlaub auf Rügen.

Die Nachrichten waren zunächst nur sehr spärlich. Als klarwurde, dass sich die Masern zu einer Katastrophe entwickeln würden, versuchte ich, von der Insel runterzukommen. Die Armee hatte allerdings schon alle Verbindungen zum Festland gekappt, und ein paar Boote, die versuchten überzusetzen, waren versenkt worden.

Die letzte Nachricht von meinem Bruder war, dass ihn die Masern erwischt hatten.

Sonst hatte ich niemanden im Ruhrgebiet. Deshalb konnte ich gut damit leben, auf der Insel zu bleiben.

Die nächsten Monate verbrachte ich ziemlich zufrieden im Urlaubsmodus. Doch irgendwie musste ich mich infiziert haben. Es ging rapide bergab mit mir.

Eine nordamerikanische Indianerin, mit der ich mich angefreundet hatte, kümmerte sich um mich. Ich hatte mich immer über sie lustig gemacht, weil sie behauptete, ihr Urahn sei der berühmte Sitting Bull gewesen, und sie habe von ihm schamanische Fähigkeiten geerbt. Bei ihren Erzählungen war auch immer ein Hauch Selbstironie dabei.

Nun, sie blieb bei mir, braute irgendwelche widerlich schmeckenden Tränke und schaffte es, mich aufzupäppeln.

Doch je mehr ich mich erholte, desto schlechter konnte ich sehen. Ahyoka (zu Deutsch: Sie brachte Fröhlichkeit), so hieß meine Freundin, erklärte mir, sie habe den Göttern für ihre Hilfe einen Preis zahlen müssen. Der Preis sei mein Augenlicht gewesen. Ihr könnt euch vorstellen, dass ich nicht sonderlich erfreut war.

Ahyoka war sich aber sicher, die Wirkung der Blindheit abmildern zu können.

Ich gab meine Zustimmung, dass sie alles versuchen durfte. Was sollte ich auch sonst machen? Zu dieser Zeit war die Bevölkerung der Insel bereits arg dezimiert.

Meine Schamanin tanzte, sang, braute und machte noch einige andere Sachen, die euch nichts angehen.

Ahyokas Bemühungen zeigten bald Wirkung. Alle meine Wahrnehmungen wurden viel intensiver. Am gravierendsten war die Entwicklung meines Geruchssinns.

Nach einiger Zeit konnte ich mithilfe des Geruchssinns Bilder in meinem Kopf formen. Und das weitaus besser, als meine Augen es jemals gekonnt hatten.

Ich weiß bis heute nicht, was Ahyoka alles gemacht hat, aber das Resultat war unglaublich. Von nun an konnte ich mich völlig lautlos bewegen und meine Aura so abschirmen, dass man mich nicht sieht.«

»Das erklärt, wie du dich an mich ranschleichen konntest«, warf Erik ein.

»Ja, aber bei deinem Hund funktioniert das nicht.«

»Was ist weiter passiert?« Giada war neugierig, wie es mit Ahyoka weiterging.

»Ich blieb mit Ahyoka noch zwei Jahre auf Rügen.

Eines Nachts kamen die Soldaten. Ich schirmte Ahyokas Flucht ab. Inzwischen konnte ich ziemlich gut mit meinen Macheten umgehen. Eine knappe halbe Stunde konnte ich die Soldaten aufhalten, dann wurde ich überwältigt. Die Soldaten hatten mehr mit den Freibeutern der Karibik gemein als mit einer regulären Armee.

Einige Wochen lang versuchten sie mich, in ihre Truppe einzugliedern. In dieser Zeit überfiel der Haufen mehrere Dörfer und schlachtete alle ab, die ihnen in die Quere kamen.

Als sie merkten, dass ich nicht bei ihnen mitspielen würde, befahl ihr Oberst meine Exekution; übrigens ein Freund von dir: Hajo. Ihr wart doch zusammen in der Grundausbildung?«

»Hmm.« Mehr sagte Erik nicht dazu.

»Um es kurz zu machen: Ich konnte fliehen, schlug mich bis nach Rügen durch und versuchte, Ahyoka zu finden. Es gelang mir nicht. Ich sah sie nie wieder.«

Ich konnte sehen, wie sich Giada eine Träne aus den Augen wischte.

»Irgendwann bin ich dann hier gestrandet. Ach so; dein Freund Hajo ist mit seinen Leuten vor ein paar Tagen auch hier vorbeigekommen. Ich hab mich da lieber unsichtbar gemacht.«

»Welche Richtung hat er genommen?« Erik ignorierte Jans Geschichte vollkommen. Er war ausschließlich auf Hajo fixiert.

»Richtung Passau.«

»Gut. Giada, wir brechen sofort auf.«

Giada bewegte sich nicht. »Warte, Erik! Wir brauchen neue Ausrüstung. Und es wäre besser, wenn wir tagsüber in Passau ankommen würden. Außerdem müssen wir auch mal schlafen. Sonst können wir nicht konzentriert kämpfen.«

»Wenn ihr wollt, führe ich euch in die Stadt rein und auch durch die Stadt durch. Rund um Passau wimmelt es von Roks. Deshalb schießen die Überlebenden in der Stadt auf alles, was sich bewegt.«

Erik blickte kurz zu Giada. Ein knappes Nicken von ihr, und es war abgemacht.

Die Menschen redeten noch den ganzen Abend. Odin ging jagen, und ich fing mir noch ein paar unaufmerksame Hausmäuse. Ein paarmal dröhnte es wieder in meinem Kopf. Odin schien nicht aufgeben zu wollen.

Am nächsten Morgen brachen wir nach einem schnellen Frühstück auf. Jan übernahm die Führung, Odin und ich sicherten ab. Aus der Höhe konnte ich erkennen, wie Jan uns an mehreren großen Rok-Horden vorbeiführte.

Gegen Nachmittag erreichten wir die Stadtgrenze von Passau. Vorsichtig leitete Jan uns durch die Gassen. Ein altes Karstadt-Kaufhaus betraten die Menschen alleine. Odin und ich patrouillierten um die Eingänge. Ich machte einen kurzen Abstecher zu einem Nachbargebäude. Dort brannte Licht, weshalb ich neugierig wurde. Ich flog um die Fenster im dritten Stock. Drinnen saßen Menschen und spielten komische Brettspiele. Wenn nicht überall Waffen griffbereit herumlägen, hätte es einen fast idyllischen Eindruck gemacht.

Langsam ließ ich mich von der Luft wieder abwärts treiben. Die Menschen kamen gerade aus dem Kaufhaus. Sie hatten sich bereits warme Sachen angezogen, und jeder trug einen Rucksack auf dem Rücken. Schemenhaft bewegten sie sich auf eine dunkle Gasse zu.

Jan schien genau zu wissen, was er tat.

Da ich gerade nicht gebraucht wurde, flog ich durch die Gassen von Passau. In der Nähe der Kirche brannte ein großes Feuer.

Neugierig flog ich näher.

Dutzende Menschen hatten sich um das Feuer versammelt. Vier von ihnen trugen ein Holzgestell mit einem Toten zum Feuer.

»… hat sich tapfer im Kampf gegen die Plündererhorde …« Ein Mann in einer braunen Kutte hielt eine Rede, während der Tote dem Feuer übergeben wurde.

Schnell holten die vier Träger den nächsten Toten.

Ich flog etwas tiefer. Jetzt konnte ich deutlich zwei Stapel toter Menschen erkennen. Einen Stapel konnte ich klar als Plünderer ausmachen. Die anderen waren wohl Stadtmenschen.

Ich flog noch näher heran. Es waren sieben tote Plünderer. Die Menschen der Stadt hatten sich offenbar erfolgreich zur Wehr gesetzt.

Zügig kehrte ich zu meinen Gefährten zurück. Ich versuchte, mit Odin Kontakt aufzunehmen. Es funktionierte immer noch nicht! So konnte ich mein Wissen über den Kampf nicht weitergeben. Das war aber im Moment auch nicht so wichtig.

Jan führte uns zielsicher durch die Stadt.

»In welcher Richtung wollt ihr weiter?«, fragte er.

»Hajo wandert nach Österreich. Also müssen wir auch dorthin. Möchtest du uns begleiten?«

Jan war über das Angebot überrascht. Er brauchte eine Minute, bis er antwortete: »Ich komme noch bis zur Grenze mit. Dann sehen wir weiter.«

»Gut. Dann los!«

Wir erreichten den Inn noch in dieser Nacht. Auf der Suche nach einem Nachtlager hörten wir aus der Ferne Kampfgeräusche.

»Zach, sieh nach!« Erik schickte mich zum Auskundschaften. Aber, wie zum Uhu, sollte ich das Ergebnis mitteilen?

»Das geht schon.«

Erschreckt sackte ich ein Stück Richtung Boden. Verfluchter Hund!

Ohne Vorwarnung war er wieder in meinem Kopf. Ich konnte das Grinsen in seinen Gedanken spüren. »Schön, dass du wieder fit bist. Hab dich schon ein wenig vermisst. Weiß es Erik schon?«

»Noch nicht. Jetzt flieg los! Ich bleib in deiner Nähe.«

Erschreckt oder nicht. Odin im Rücken zu haben war schon ein beruhigendes Gefühl.

Ich jagte los.

Nach zehn Minuten erreichte ich eine Holzhütte; das heißt, ich kam in die Nähe der Hütte. Mindestens dreißig Roks belagerten das Haus.

Ein paar von ihnen rannten auf den Eingang zu.

Plötzlich stutzten sie.

Eine riesige Spinne war ihnen in den Weg getreten.

Blitzschnell hatte sie sich einen Rok gekrallt und wickelte ihn ein. Zwei weitere Roks stürzten sich auf das Monster und schlugen mit ihren Schwertern zu.

Die Spinne schüttelte sich nur und ging zum Gegenangriff über.

Ich drehte ab und übermittelte Odin, was ich gesehen hatte. Als ich bei meinen Gefährten eintraf, wusste Erik schon bescheid.

Jan redete auf ihn ein: »Ich kann es kaum glauben. Aber wenn dein Kauz das wirklich gesehen hat, könnte Ahyoka in der Hütte sein. Ihr Totem ist Spinne, und sie hat immer wieder versucht, ihr Totem in die Realität zu holen.«

Erik schaute zu Giada.

Giada nickte.

»Gut. Wir schulden dir was. Und ich hoffe, du hast recht. Ich würde nur ungern als Spinnenfutter enden.«

»Ich würde gerne die taffe Indianerin kennenlernen«, warf Giada ein.

Wir brachen sofort auf. Ich machte wieder die Vorhut. Unter mir Odin. Dicht gefolgt von den drei Menschen, die sich in Form einer Speerspitze bewegten. Erik vorne, Giada und Jan seitlich dahinter.

Ich erreichte als Erster die Hütte und beobachtete die Lage. Die Roks hatten das Haus eingekreist, hielten sich aber zurück. Das Spinnenwesen schien sich nicht weit vom Haus entfernen zu können. Es schoss immer vor und schien dann vor eine Wand zu laufen.

Odin übermittelte meine Beobachtungen an Erik. Ich konnte Eriks Freude darüber spüren, dass Odin wieder in Ordnung war.

Ohne die Spinne fürchten zu müssen, konnten sich die Menschen ganz auf die Roks konzentrieren.

Ich blieb in der Luft und behielt das Spinnenwesen im Auge.

Odin krachte zuerst in die Roks. Beim Landen begrub er zwei von ihnen unter sich. Seine Zähne rissen große Stücke aus den Mutanten.

Eriks Schwert zerteilte unterdessen mehrere völlig überraschte Roks.

Genauso effizient, doch viel eleganter, sezierte Giadas Klinge die Roks; die Runen am Schwert hell leuchtend. Ihre Stimme hauchte der Waffe Leben ein. Wie von selbst schnitt sich der eiskalte Stahl durch die Körper.

Jan schwang zwei Macheten, die zielsicher die Gegner trafen. Die Mutanten schienen durch seine blinden Augen zusätzlich verwirrt. Ihre Reaktionen waren langsamer als normal.

Die erste Angriffswucht meiner Kameraden hatte die Roks bis auf sechs Kreaturen dezimiert, die jetzt einen waffenstarrenden Kreis bildeten.

Die drei Menschen schlossen sich zusammen, um die Formation der Roks aufzubrechen.

Doch bevor sie die Mutanten erreichten, schoss ein haariger Blitz vor, durchbrach den Kreis der Gegner und zerriss die übriggebliebenen Roks, noch bevor sich die Menschen an dem Kampf beteiligen konnten.

Odin schien immer noch ungehalten über die Verletzung, die ihm die Mutanten zugefügt hatten. Er hätte alle Roks am liebsten selbst erledigt. Erik kraulte ihm den blutverschmierten Kopf, dann wandte er sich Jan zu. »Jetzt bist du dran. Schau mal, ob das da in der Hütte deine Schamanin ist.«

Jan nickte, steckte die Machete ein und ging auf den Eingang der Hütte zu. Kurz vor der Riesenspinne hielt er an. »Ahyoka! Bist du das da drin?«

»Wer ist da draußen, der meinen Namen kennt? Und wo sind die Roks? Seid ihr mit ihnen verbündet?«

»Klar«, murmelte Jan, »das ist Ahyoka. So viele Fragen in so kurzer Zeit.«

Das Spinnenwesen hielt sich angriffsbereit.

»Ich bin's, Jan! Du solltest eigentlich meine Stimme erkennen.«

Stille.

Die Tür öffnete sich einen Spalt.

Zögernd.

Dann flog sie mit einem Schlag auf.

Eine hübsche, dunkelhaarige Frau schoss aus der Tür auf Jan zu. Die Spinne löste sich in Nichts auf.

Die Frau sprang Jan in die Arme. »Das kann nicht sein! Weißt du, wie sehr ich nach dir gesucht hab?«

Jan schien die Frau nicht mehr loslassen zu wollen. »Dass ich dich gefunden habe … Ich kann es gar nicht glauben.« Immer wieder küsste er sie.

Schon schweiften meine Gedanken zu Lea. Wo sie wohl gerade herumflog?

»Jan, könnt ihr euer Wiedersehen drinnen feiern? Odin hat noch mehr Roks in der Nähe gewittert.« Giada und Erik hatten ihre Waffen weggesteckt und näherten sich den beiden.

144

»Wer sind die, Jan?« Ahyoka war sofort wieder misstrauisch.

»Freunde! Und Erik hat recht. Wir sollten reingehen.«

Während die Menschen ins Haus gingen, schlug sich Odin ins Unterholz, und ich flog auf Wipfelhöhe der Bäume ein paar Runden. Roks konnte ich keine ausmachen.

So flog ich zurück zur Hütte und kletterte unterm Dach ins Gebälk.

»… so sind wir hier gelandet«, beendete Jan gerade die Geschichte, »und ich musste feststellen, dass wir die ganzen Jahre über nur durch Passau getrennt voneinander gelebt haben.«

»Ich freu mich für euch«, meinte Giada, »wisst ihr schon, ob ihr uns begleitet oder ob ihr lieber hierbleiben wollt?«

Jan und Ahyoka berieten sich kurz.

»Wir sind euch dankbar für das Angebot, aber wir werden hierbleiben«, erklärte Jan.

»Schade, wir könnten zwei so hervorragende Kämpfer gut gebrauchen. Aber ich kann euch gut verstehen.«

Beim Reden schaute Erik Giada in die Augen und wirkte auf einmal ein wenig weggetreten.

Als Ahyoka ihn fragte, wann wir denn loswollten, schüttelte Erik den Kopf und blinzelte ein paar Mal. Er sah aus, als wäre er gerade aus einem See aufgetaucht.

»Wir starten morgen mit Sonnenaufgang.«

Menschen verhalten sich manchmal komisch, dachte ich noch. Dann nickte ich ein.

Ich wachte erst wieder zusammen mit den anderen kurz vor Sonnenaufgang auf.

Das war mir noch nie passiert. Die Nacht war doch meine Zeit. Das würde auch Lea nicht gefallen.

Die Menschen verabschiedeten sich herzlich voneinander. Dann flog ich voraus in Richtung Gattern in Österreich.

Das Schwert

Erik hatte mit dem Meister abgesprochen, sich früh am nächsten Morgen zu treffen.

Den Abend verbrachte er bei Otto.

Während die zwei darüber sprachen, was im letzten Jahr alles passiert war, ging Odin im Umland von Bensersiel auf die Jagd.

Erik genoss das entspannte Gespräch in relativer Sicherheit. Er ging früh schlafen, um am nächsten Morgen fit zu sein.

Mit Sonnenaufgang war Erik auf den Beinen.

Noch vor dem Frühstück lief er ein paar Hyongs. Er hatte nichts von dem verlernt, was Mehmet ihm beigebracht hatte.

Ein schnelles Frühstück mit Otto, dann ging er rüber zu Meister Chong.

Mehmet empfing ihn an der Tür. »Am Eingang des Dojang hängt ein Dobok. Meister Chong ist in mancher Hinsicht etwas altmodisch.«

»Danke, Mehmet. Trainierst du mit uns?«

»Nein. Und es ist ja auch noch nicht sicher, dass er dich trainiert.«

»Warum sollte er nicht? Ist ja nicht so, als würde er hier von einer Masse an Schülern bedrängt.«

»Nun, er hatte mit seinen Schülern nicht immer Glück. Sein letzter Schüler hat sich vor sechs Jahren dem Terrorismus angeschlossen. Seitdem hat er nie wieder jemanden ausgebildet.«

»Aber für die Gesinnung eines Menschen kann doch der Meister nichts.«

»Das sieht er etwas anders. Zumal das Wirken seines Schülers katastrophale Auswirkungen hatte.« Mehmet machte eine kurze Pause. »Du wirst dich erinnern: die Explosion, als ihr das Giftgas abgeliefert hattet. Dafür war Chongs ehemaliger Schüler verantwortlich.«

»Du nimmst mich auf den Arm. So viele Zufälle kann es gar nicht geben!«

»Nein, es stimmt. Zufall oder Schicksal? Keiner weiß es. Meister Chong wird dich unterrichten, wenn er euer Zusammentreffen für Schicksal hält.«

»Na dann schauen wir mal. Danke, Mehmet! Ich geh dann mal rein.«

Vor dem Dojang zog sich Erik um. Der Dobok passte perfekt. Beim Eintreten verbeugte er sich leicht.

Chong ließ ihn sich gegenüber im Schneidersitz Platz nehmen. »Warum willst du bei mir lernen?«

Die direkte Frage irritierte Erik. Darüber hatte er sich bisher noch keine Gedanken gemacht. »Ich hatte bisher kein Ziel. Meine Techniken zu verbessern ist ein Ziel.«

»Und weiter?«

148

»Ich bin immer mit meinem Hund alleine unterwegs. Überleben ist auch ein Ziel; das wichtigste!«

»Ist dir bis jetzt auch so gelungen.«

»Sonst gibt es nichts. Ich habe keine heroischen Ambitionen.«

Nun war es an Meister Chong zu lächeln. »Mehmet hat dir von meinem letzten Schüler erzählt.« Eine Feststellung, keine Frage.

Erik nickte.

»Nun, das wird reichen. Lass uns ein paar Hyongs zum Warmmachen laufen.«

Erik zeigte seine Freude nicht. Er stellte sich auf, und gemeinsam liefen sie ein paar Bewegungsformen des Taekwondo. Meister Chong bewegte sich mit solch einer Anmut, dass sich Erik daneben wie ein veralteter Roboter vorkam. Die Schläge und Tritte des Meisters wirkten, als könnten sie Stahl zertrümmern.

Nach den Hyongs begann das Training.

Als die Dämmerung einsetzte, wurde Erik entlassen. Ihm lief der Schweiß von der Stirn. Chong atmete nicht einmal schneller.

Erik aß noch mit Otto zu Abend.

Dann ging er schlafen.

Odin schaute noch kurz bei ihm vorbei. »Geht's dir gut?«, hallte es in Eriks Kopf.

»Ja, alles gut. Ich übe!«

Odin verschwand wieder.

So verging der nächste Monat.

Jeden Tag der gleiche Ablauf.

Erik hatte inzwischen gut zehn Kilo weniger und kein Gramm Fett mehr am Körper. Und dabei hatte er sich bis jetzt immer für durchtrainiert gehalten.

Als er an diesem Morgen in den Dojang kam, saß sein Meister am Boden und bedeutete ihm, sich zu setzen.

»Heute reden wir.«

Wortlos ließ sich Erik seinem Meister gegenüber in den Schneidersitz sinken.

»Ich trainiere dich jetzt seit einem Monat. Ich beobachte dich jetzt seit einem Monat. Mehmet erzählt mir von dir seit einem Monat.«

Erik schwieg.

»Ich bin mir jetzt sicher, dass es richtig ist, dich zu trainieren.«

»Das freut mich. Und?«

»Mehmet hat schon sehr gute Vorarbeit geleistet. Wenn du dieses Jahr bei mir bleibst, wirst du jeden Schüler übertreffen, den ich je hatte.«

»Das ist sehr viel Lob, Meister. Doch ich höre noch ein Aber in Eurer Stimme.«

»Mehmet hat mir erzählt, wie du ins Militärgefängnis gekommen bist.«

Erik rutschte auf dem Boden herum. »Ich habe mich gewehrt.« Das Gespräch nahm für ihn eine unangenehme Wendung.

»Das ist nicht das Problem.«

»Was ist das Problem, Meister?«

Der alte Mann schien die richtigen Worte zu suchen. »Du trainierst mit unglaublicher Disziplin. Du wirst deinen Körper perfekt beherrschen lernen … bis zu einem gewissen Punkt.«

Verwirrt schaut Erik seinen Meister an. »Bis zu einem gewissen Punkt? Was soll das denn heißen?«

»Kennst du dich mit der Evolution aus?«

»Meister« – Erik knirschte mit den Zähnen – »nicht besonders«, antwortete er dann.

»Früher, vor der sogenannten Zivilisation, trugen die Menschen ihre Kämpfe mit Schwertern und Äxten aus. Oder mit ihren Händen. Es heißt, es gab zu dieser Zeit Kämpfer, deren Körper die Kontrolle beim Kämpfen übernahmen. Sie kämpften wie im Rausch, spürten keine Schmerzen, kannten keine Freunde, griffen alles an, was sich in ihrer Nähe befand. Sie waren wie Nashörner, die auf ein Ziel zu rennen.«

»Berserker, Meister, ihr meint Berserker. Von solchen Legenden habe ich gehört. Sind nette Geschichten.«

»Keine Legenden. Es gibt sie auch heute noch. Bei Tieren spricht man von einem Rückschlag auf wilde Ahnen.«

»Ihr wollt mich auf den Arm nehmen, Meister.«

»Das ist mein voller Ernst. Werden wir konkreter. Weißt du, woran man früher einen Berserker erkennen konnte? Ein Wissen, welches den einfachen Kriegern das Leben retten konnte.«

»Nein, Meister.« Erik wurde es langsam etwas mulmig zumute.

»Wenn ein Berserker in die Raserei verfiel, kündigte sich das durch ein Leuchten hinter seinen Pupillen an. Je intensiver der Kampf, desto heller das Leuchten. Übrigens: ein Wissen, das nur mündlich überliefert wird.«

Erik klappte der Mund auf. Seine Zunge war plötzlich ganz trocken. Seine Hände begannen, unkontrolliert zu zittern. Kalter Schweiß machte sich auf seiner Stirn breit. Das konnte doch nicht sein. Meister Chong wollte ihn bestimmt nur foppen.

Aber Hajo hatte ihm erzählt, er habe ein ganz komisches Leuchten in seinen Augen gesehen, bevor er durchgeknallt war.

»Ich habe mich dazu entschieden, dich trotzdem zu trainieren.«

»Wie bitte?« Erik war noch nicht wieder in der Welt.

»Du musst nur wissen, dass du am Ende nie die vollkommene Kontrolle über dich hast. Vor allem müssen es deine Freunde wissen. Das ist wichtig!«

Erik konnte noch nicht antworten.

»Für heute bist du entlassen. Ein wenig Meditation wäre gut.«

Wie in Trance ging Erik rüber zu Otto und verschwand gleich in seinem Zimmer.

»Hey, alles klar bei dir?«, hörte er Otto rufen, ignorierte ihn aber.

Odin lag auf seinem Bett. »Ganz schön gemütlich, was ihr Menschen so habt.«

War das ein zufriedenes Grinsen in Odins Gesicht?

»Verzieh dich vom Bett, Hund! Ich muss nachdenken.«

»Was denn?« Odin kroch näher zu Erik, machte aber keinerlei Anstalten, das Bett zu verlassen.

»Ach was soll's! Du wirst es, eh' nicht versteh'n. Meister Chong hält mich für so etwas wie ein Berserker.«

»So'n durchgeknallter Krieger? Ja, ich weiß. Hätte ich dir auch sagen können.« Damit knurrte er noch einmal wohlig und schlief wieder ein.

Bei Erik setzte Schnappatmung ein. »Gehör ich jetzt in die Klapse, oder was?«, flüsterte er.

»Ich glaube nicht«, hallte es in seinem Kopf.

Verwirrt beherzigte Erik den Rat des Meisters und meditierte den Rest des Tages.

Erik verbrachte das restliche Jahr mit dem Training bei Meister Chong.

Chong war sehr zufrieden mit seinen Fortschritten.

Dann kam wieder ein Tag, den Meister

Chong mit den Worten einleitete: »Heute ist kein Training, heute ist Reden.«

Als sich Erik in den Schneidersitz sinken ließ, legte ihm der Meister ein Schwert, verziert mit zahlreichen Runen, auf die Knie. »Mehmet sagte mir, ihr wäret auch ein Meister mit dem Schwert. Aber ich habe Euch nie üben sehen.« Erik blickte seinem Meister in die Augen.

Der hielt dem Blick stand. »Ich habe seit Jahrzehnten kein Schwert mehr in der Hand gehalten, das ist richtig. Ich werde dir trotzdem ein wenig beibringen können. Das Schwert habe ich für dich geschmiedet. Es wird dir helfen zu überleben. Die Runen sind abgestimmt auf deine Tätowierungen.«

»Vielen Dank Meister.« Erik war gerührt. »Was hat es mit den Runen auf sich?«

»Wenn Schwert und Krieger eins werden, entwickelt sich das Schwert zu mehr als einer Waffe. Das kann durch die Runen geschehen. In manchen Traditionen werden die Schwerter durch Lieder gestimmt. Beides funktioniert. Einfach gesagt, entwickelt das Schwert ein Eigenleben, um seinen Besitzer zu schützen.«

»Und die Tätowierungen, Meister? Ich kann mich nicht daran erinnern, wann ich sie bekommen habe.«

»Auch ich kann nicht jedes Geheimnis kennen«, antwortete Chong mit einem traurigen Lächeln.

Erik quittierte die Antwort mit einem knappen Nicken und wagte es, nun auch das Schwert anzufassen. Es lag in seiner Hand, als wäre es ein Teil von ihm.

»Es ist unglaublich, Meister.«

Das traurige Lächeln im Gesicht des Meisters wich nicht. »Ja, es wird dir auch ohne Magie gute Dienste leisten.«

Fragend schaute Erik auf. »Was bedeutet das, Meister?«

»Menschen mit deinen Anlagen können keine Magie nutzen. Auch wirst du nicht lange genug hierbleiben, um mehr als die Grundzüge des Schwertkampfs zu erlernen.«

Erik nickte nur. Er hinterfragte das Wissen seines Meisters nicht mehr.

»Mache dich mit dem Schwert vertraut! Morgen beginnt das Training.« Mit diesen Worten ließ der Meister Erik allein.

Die nächsten Monate nahm Erik kaum wahr. Nach einem milden Winter zeigten sich nun erste Knospen an den Bäumen.

Bensersiel war so abgelegen, dass sich weder Roks noch Soldaten um den Ort scherten.

Doch an diesem ersten Mai erreichten einige Fremde in großen Pferdefuhrwerken das Dorf.

Keine Roks, keine Soldaten. Einfache Leute, die nach einer ersten kritischen Begutachtung herzlich begrüßt wurden.

Erik bekam von alledem nichts mit. Er kam nur zum Schlafen aus dem Dojang. Hin und wieder ein Gespräch mit Otto oder Mehmet, dann wieder Training. Odin sah er nur zum Schlafen.

»Hallo, Erik«, begrüßte ihn Otto, als er vom Training kam, »hast du die Leute aus Dänemark schon gesehen?«

»Nein, ich hab nichts mitbekommen. Meister Chong kennt den Begriff Pause nicht.«

»Es sind nette Leute. Wir wollen zusammen ein Fest feiern. Mit Musik, Tanz und allem, was dazugehört. So etwas haben wir seit Ausbruch der Seuche nicht mehr gemacht.«

»Hört sich gut an. Wann soll die Feier denn starten?« Erik goss sich ein Glas Wein ein. Den einzigen Luxus, den er sich, dank Otto, gönnte.

»Nächsten Monat ist Sommersonnenwende. Das scheint der richtige Termin zu sein.«

»Vielleicht komme ich auch.«

»Das solltest du. Es sind wirklich nette Leute.«

»Ich überleg's mir. Jetzt muss ich erst mal schlafen. Nacht, Otto.«

»Nacht, Erik.«

Am nächsten Morgen sprach Erik mit seinem Meister über die Feier.

»Wir werden alle gehen«, bestimmte Chong kurz. Offensichtlich war er bereits bestens informiert.

156

»Heute werden wir einen richtigen Übungs-schwertkampf machen«, eröffnete Meister Chong seinem Schüler. »Mehmet wird den Kampf auf-nehmen. Später analysieren wir ihn gemeinsam.«

»Ja, Meister.«

Erik begann, sich mit ein paar Übungsformen warmzumachen.

Eine Stunde später stand er seinem Meister zum Übungskampf gegenüber.

Sie verbeugten sich.

Erik befürchtete, seinen alten Lehrer zu ver-letzen. Er war sichtlich nervös.

Mehmet gab das Kommando zum Start. Zur Dokumentation hielt er eine alte Super-8-Kamera in der Hand.

Chong schoss auf Erik los, der den Eröff-nungsschlag nur so gerade eben parieren konnte.

Knapp zehn Minuten tauschten die Kämpfer Schläge aus, probierten Finten und versuchten, sich gegenseitig von der Kampffläche zu drän-gen.

Nach jeder Logik müsste der alte Mann lang-sam müde werden.

Erik war in Topform. Er konnte noch lange so weiterkämpfen.

Der Schatten eines Lächelns huschte über Chongs Gesicht.

»Nun sieh, wozu unsere Schwerter fähig sind«, flüsterte er und fing an, eine Melodie zu summen.

Die Runen an Chongs Waffe begannen zu glühen.

Erik ließ sich nicht irritieren. Sein Selbstvertrauen war unerschütterlich.

Immer schneller wirbelten die Klingen.

Eriks Bewegungen konnten aber mit der Geschwindigkeit, die Chongs Schwert entwickelte, nicht mithalten.

Die Waffe schnitt in seine Schulter.

Mit einem Knurren zog sich Erik zurück.

Eine weitere blitzschnelle Bewegung, und das Schwert öffnete das Fleisch an seinem rechten Unterarm.

Jetzt blickte Erik seinem Meister in die Augen. Er lächelte. Das gelbe Leuchten schlich sich hinter seine Pupillen. Den nächsten Schlag wehrte er locker ab.

»Abbruch!«, rief Meister Chong.

Aber es war zu spät.

Erik griff an. Sein Schlag prellte Chong fast das Schwert aus der Hand.

Chong blieb nichts weiter übrig, als gegenzuhalten. Seine Melodie wurde lauter, fordernder. Das Schwert bewegte sich augenblicklich noch schneller. Chong wurde immer mehr zum Statisten. Die Magie übernahm die Kontrolle über seine Waffe. Oder war es die Absicht des Meisters? Von einem Übungskampf konnte keine Rede mehr sein. Es entwickelte sich ein Duell zwischen Magie und ungezügelter Gewalt.

Und langsam gewann die rohe Kraft die Überhand.

Das gelbe Licht in Eriks Augen war zu einem grellen Glühen geworden. Erik trieb Meister Chong vor sich her. Die Melodie kam nur noch abgehackt. Erik schlug pausenlos zu.

Chong warf Mehmet einen hilfesuchenden Blick zu. Doch der hatte keine Chance einzugreifen.

Eriks Lächeln wurde breiter. Sein Hieb ließ Chongs Schwert durch die Luft wirbeln. Erik holte zum tödlichen Schlag aus.

Mehmet konnte nur hilflos zusehen.

Ein Schatten flog durch den Dojang.

Erik wurde von den Beinen gerissen. Er landete auf dem Rücken. Das Gewicht auf seiner Brust nagelte ihn am Boden fest. Sein Schwert entglitt seiner Hand. Erik versuchte, das Gewicht loszuwerden. Doch Odin bewegte sich keinen Millimeter. Gegen die Kraft des Hundes konnte selbst der Berserker in Erik nichts ausrichten.

»Hör auf, mit Waffen zu spielen!«, dröhnte es in seinem Kopf, »das ist viel zu gefährlich, für dich und deine Freunde.«

Mit einem wütenden Knurren versuchte Erik noch einmal, sich loszumachen.

Es funktionierte nicht.

Odin blieb fünfzehn Minuten auf Erik sitzen. Dann verblasste das Licht in Eriks Augen.

Lautlos verschwand Odin aus dem Dojang.

Auch Mehmet und Chong wagten nun wieder, sich zu bewegen. Mehmet musste den alten Mann stützen. Der wirkte um Jahre gealtert.

»Das kann nicht sein«, murmelte er, »die Magie kann nicht geschlagen werden.«

Mehmet half ihm auf die Füße. »Wir brauchen alle eine Pause.«

»Ja, reden wir später.« Der Meister war fassungslos. »Ich kann es nicht glauben«, murmelte er immer wieder.

Unterdessen zog sich Erik an Odin hoch auf die Füße. »Was, verflucht, war das?«

»Das warst du!«

»Ich glaube nicht, dass mir das gefällt.«

»Niemand fragt dich. Lerne, damit zu leben.«

»Du bist eine große Hilfe.« Niedergeschlagen begab sich Erik auf sein Zimmer.

»Hallo, Junge.« Otto war, wie immer, gut drauf.

Die Berge

Um die Mittagszeit erreichten wir Gattern.

Ein Dorf mit fast dreihundert Einwohnern. War es jedenfalls mal.

Als Vorhut flog ich einmal durch die Gassen.

Es gab keinerlei Lebenszeichen.

Eine kurze Info an Odin, und schon erschien der Hund am Dorfeingang und kontrollierte die Häuser.

Eine halbe Stunde später kehrten wir zu den Menschen zurück.

»Lasst uns nachsehen, ob wir noch etwas Brauchbares finden!«, meinte Giada, »vielleicht ein funktionierendes Bad.«

»Machen wir. Zach kann inzwischen versuchen, Hajo aufzuspüren. Dann haben wir beim Aufbruch gleich die richtige Richtung.«

Irgendetwas stimmte mit Erik nicht. Normalerweise wäre er sofort losgeschossen, um Hajo keine Sekunde zu schenken. Jetzt stand er da, sah die Menschenfrau an, grinste und stimmte einer unnötigen Verzögerung zu.

Na ja, keine Pause für mich.

Während sich meine Kameraden ein schickes Nest suchten, machte ich mich auf, die Plünderer zu suchen.

Die grobe Richtung war klar, Kreise zu fliegen nicht notwendig.

Tagsüber zu fliegen machte mir immer noch

Angst. Es gab kaum Deckung vor den tagaktiven Greifern. Deshalb musste ich konzentriert bleiben, konnte nicht einmal meine Gedanken zu Lea schweifen lassen.

Meine Stimmung sank.

Zweimal versuchte ich, mir eine Maus zu fangen, zweimal griff ich ins Leere.

Meine Stimmung sank tiefer.

Hungrig und übellaunig machte ich erst einmal eine Pause. Eine hohle Weide diente mir als Unterschlupf.

Als die Nacht anbrach, flog ich weiter.

Aus dem Unterholz kam ein leises Fiepen.

Die Maus hatte keine Chance.

Sie bemerkte mich erst, als meine Krallen in ihr Genick einschlugen.

Das warme, blutige Fleisch verbesserte meine Laune enorm. Gestärkt kam ich meiner Aufgabe nach.

Gegen Morgen holte ich Hajos Leute ein. Sie hatten sich in einer Stadt namens Liezen breitgemacht.

Ihre Spur zu finden und ihr zu folgen war einfach. Eine Elefantenherde hätte keine deutlicheren Spuren hinterlassen können.

Ich erreichte die Stadt völlig unbehelligt.

Roks, die ich unterwegs bemerkt hatte, waren zu weit weg, um Kenntnis von mir zu nehmen.

Ich kreiste hoch über der Stadt und versuchte,

die Anzahl der Plünderer zu schätzen. Ich kam auf siebenundvierzig Menschen. Dazu kam noch eine große Horde südlicher Roks, die etwas abseits lagerten.

Ich hatte genug gesehen.

Niemand hatte mich bemerkt.

Gemächlich ließ ich mich auf das nächste Waldstück zu gleiten. Das Jagen verschob ich auf den Abend. Jetzt musste ich erst mal schlafen.

Im Wipfel einer alten Zeder fand ich ein geeignetes Versteck.

Sofort fiel ich in einen tiefen, traumlosen Schlaf.

Bei Einbruch der Dämmerung wurde ich wach. Zur Orientierung musste ich hoch in die Luft, ein paar Kreise fliegen.

Hier in den Bergen hatte ich arge Probleme mit den Richtungen. Aber nun ging es auf direktem Weg zurück zu meinen Kameraden.

Plötzlich stellten sich meine Nackenfedern auf. Ich ließ mich absacken und verkroch mich in einem knorrigen Haselstrauch.

Jetzt erst blickte ich mich um. Direkt über mir verdunkelten die Schwingen eines riesigen Vogels den Mond.

Aber war das wirklich ein Vogel?

Er hatte Ähnlichkeit mit einem Reiher. Den langen Hals mit dem spitzen Schnabel nach vorne gestreckt, kreiste er über mir. Mein Schnabel wurde ganz trocken.

Der Vogel brannte.

Das war keine Einbildung!

Er leuchtete glutrot. Seine buschigen Schwanzfedern und seine großen Schwungfedern zogen Flammen hinter sich her.

Ich drückte mich tiefer in mein Versteck.

Das Vieh kreiste noch ein paar Minuten über mir. Gerade so, als könnte es mich spüren.

Dann verschwand es Richtung Liezen.

Am ganzen Körper zitternd nahm ich meine Reise wieder auf.

Einige Stunden und sechs erlegte Mäuse später stieß ich auf meine Gefährten.

Ich übermittelte Odin alles, was ich in Erfahrung gebracht hatte, einschließlich meiner Begegnung mit dem Feuervogel.

Erik gönnte mir keine Pause. Wir zogen sofort weiter.

»Sei vorsichtig, wenn du dem Vogel begegnest! Niemand weiß genau, wozu Feuervögel in der Lage sind.« Odins Gedanken klangen besorgt.

»Ich pass auf.« Genau genommen wollte ich dem Vogel nicht noch einmal begegnen.

Die nächsten Stunden vergingen ruhig. Das stetige Bergauf war keiner von uns gewöhnt. Auch mir nahm die dünne Luft den Atem beim Fliegen. Wir hielten in gerader Linie auf Liezen zu. Erik war sich sicher, dass sich Hajo nicht die Mühe machen würde, viele Wachen aufzustellen.

Weswegen auch? Er hatte die Roks als Verbündete, und freie Menschen gab es nur wenige.

Apropos Roks; wir liefen geradewegs auf eine Horde Roks zu. Ich musste Odin warnen.

»Wie viele sind es? Und welcher Art?«

Odins Fragen ließen mich noch einmal im vollen Tempo die Roks überfliegen. »Zwölf, keine südlichen Roks.«

»Gut.« Damit schoss Odin zu Erik.

Noch bevor Odin sich wieder meldete, war klar, dass wir nicht ausweichen würden.

Meine Gefährten hatten bereits Kampfposition eingenommen.

»Wir geh'n direkt drauf«, klang es dann auch in meinem Kopf.

Ich nahm wieder meine Beobachtungsposition ein.

Inzwischen hatten die Roks die Menschen auch bemerkt. Sie zogen ihre schartigen Schwerter und rannten auf meine Gefährten zu.

Das heißt auf Erik.

Giada und Odin waren seitlich abgetaucht, während Erik einfach auf die Roks zu spazierte.

Der Anführer stürzte sich auf Erik!

Und stoppte abrupt, als Eriks Schwert seinen Hals durchbohrte. Mein Gefährte hatte sein Schwert so schnell gezogen, dass ich es gar nicht mitbekommen hatte. Zeitgleich nahmen Giada und Odin die Horde in die Zange. Giadas Klinge zuckte schneller durch die Körper, als ein ungeübtes Auge sehen konnte.

Der Hund war noch schneller.

Als Erik sich dem Trupp zuwandte, waren die Roks nur noch eine blutige Masse.

Das Team wurde immer effizienter. Keiner von uns war verletzt. Es ging sofort weiter. Erik drückte jetzt wieder aufs Tempo. Gegen Abend sahen wir die Silhouette von Liezen.

Odin rückte zu mir auf. »Wir beide kundschaften die Stadt aus.«

»Gut.« Ich sackte tiefer.

»Sei vorsichtig, Vogel!«

»Seit wann bist du so fürsorglich?«

»Na ja, du bist der Einzige, der fliegen kann.«

Genug geflachst!

Langsam drangen wir in die Stadt ein.

Ich führte Odin zu der Stelle, wo ich die Plünderer gesehen hatte, vorbei an dem Lindwurm aus Metall bis zu dem Platz vor dem Rathaus.

Überall lag Müll herum.

Es stank entsetzlich.

Aber es waren weder Menschen noch Roks in der Nähe. Die Horde muss kurz nach mir aufgebrochen sein.

Odin war bereits auf dem Weg zum Ortsausgang. »Sie halten sich weiter an die Straße Richtung Graz. Lass uns Erik informieren!«

»Lauf schon mal vor! Ich komme sofort nach. In dem kleinen Waldstück da vorne habe ich Haselmäuse gesehen. So eine Delikatesse kann ich mir nicht entgehen lassen.«

»Gut, aber mach schnell!«

Ich machte mich auf den Weg zu dem Waldstück. Da es inzwischen schon dämmerte, waren meine Erfolgsaussichten, die flinken Haselmäuse zu fangen, ganz gut.

Ich wechselte in den Jagdmodus. Ich war gut in Form; die Haselmäuse bemerkten das Verderben nicht, das auf sie zu kam.

Ich war völlig auf meine Beute fokussiert. Eine Haselmaus zu erwischen war eine Herausforderung. Sie waren viel flinker als die trägen Haus- und Feldmäuse.

Kurz irritierte mich ein Schatten über mir. Doch das rettete die Maus nur kurz.

Ich erwischte sie mitten im Sprung. Meine Krallen schlugen ihr ins Genick.

Ich suchte mir einen bequemen Ast, um meine Beute zu verschlingen. Der frische Blutgeruch machte mich ganz kribbelig.

»Gibst du mir was ab?«

Mir fiel die Maus aus dem Schnabel.

Das konnte nicht sein!

»Na na, Zach. So mit offenstehendem Schnabel bist du nicht so beeindruckend.«

Meine Kiefer klappten zusammen. »Lea?«

»Ja, meinst du, ich kann nicht fliegen?«

»Ähh.«

»Na, was ist jetzt mit der Maus?«

»Sofort! Flieg nicht weg.« Meine Lea war hier. Unglaublich! Und sie nahm mich wahr.

Überglücklich sammelte ich die Maus auf, flatterte wieder hoch zu Lea und legte ihr die Beute zu Füßen.

»Danke, Süßer«, säuselte sie.

»G-G-Gerne«, stotterte ich.

»Komm mit! Ich habe eine gemütliche Baumhöhle für uns gefunden.«

Das ließ ich mir nicht zweimal sagen.

Ich folgte ihr durch den Wald, über Lichtungen, hoch hinaus auf den Berg. Wieder hatte ich das Gefühl, als würde ein Schatten auf mir liegen.

»Kommst du?« Lea drängte.

Ich beschleunigte und jagte in vollem Tempo hinter ihr her. Keinesfalls sollte sie denken, ich sei eine lahme Ente.

An ihrem Bau angekommen, bremste sie mich dann aus. »Ich hab noch Hunger, Zach. Fängst du mir ein paar Mäuse?« Dabei schmiegte sie sich eng an mich.

Die nächste Stunde verbrachte ich mit Jagen. Ich brachte ihr sieben Mäuse.

Jetzt ließ sie mich in ihr Nest! Frustriert

schaute ich sie an. Da lag meine Lea, tief und fest am Schlafen. Ich kuschelte mich ganz nah an sie ran. Schnell schlief auch ich ein.

Als ich aufwachte, schnitt mir ein stechender Schmerz durch den Kopf. Gleichzeitig schien Lea zu flimmern.

Egal! Ich war einfach nur glücklich, in ihrer Nähe zu sein.

Als Lea aufwachte, fragte sie gleich nach Futter.

Sofort flog ich los.

Maus auf Maus endete in meinen Krallen. Die Haselmauspopulation war am Aussterben.

Erst als ich völlig erschöpft war, gab sich Lea zufrieden.

Jetzt war mir nach einer Belohnung.

Trotz Erschöpfung begann ich zu balzen.

Und wieder enttäuschte Hoffnung!

Offensichtlich satt, zeigte mir meine Angebetete die kalte Schulter.

So ging es den ganzen Tag weiter.

Ich ließ mich dadurch nicht entmutigen. Bei manchen Weibchen dauerte es halt länger, sie zu erobern.

Zur Dämmerung wollte ich mich wieder an sie kuscheln. Aber sie schrie plötzlich ganz jämmerlich auf.

Alles flimmerte.

Ich konnte sie kaum noch erkennen.

Panik stieg in mir auf. »Lea, was ist!?«, schrie ich. Was passierte mit meinem Engel? Ihre Schreie wurden immer lauter. Ihr Körper verformte sich. Jämmerlich fiepte ich mit.

»Zach!«, dröhnte es in meinem Kopf, »komm zu dir!«

»Häh?«, antwortete ich wie ein Depp. Was war das überhaupt für eine Stimme?

»Zach!« Lauter diesmal.

Mein Kopf wollte platzen.

Und Lea?

Lea sah jetzt aus wie der verdammte Feuervogel. Nur kleiner.

Was war hier los? Die Panik krallte mich wieder. »Lea!«, schrie ich.

»Das ist nicht Lea!« Wieder diese verfluchte Stimme in meinem Kopf. Die musste da raus. Kraftvoll schlug ich meinen Kopf gegen den Ast. Und … fing an zu taumeln.

Es half nichts. Die Stimme blieb.

»Komm endlich zu dir, Zach, verfluchter Vogel!«

»Lass mich in Ruhe, Odin!«

Odin?

Wo kam denn der Hund jetzt her?

Und was war mit Lea?

»Endlich, Zach. Deine kleine Freundin war nie hier. Was da im Nest sitzt, ist des Feuervogels Junge. Und du fütterst es die ganze Zeit.«

170

Ich schüttelte mich. Vor mir saß wirklich ein kleiner Feuervogel.

»Hast du es kapiert?« Odins Stimme klang ungeduldig.

Ich schaute mich um. Unter mir hatten sich meine Gefährten versammelt.

Odin stand auf dem Rücken des Feuervogels. An dessen Kopf bildete sich eine riesige Beule.

Giada ließ grinsend eine selbstgebaute Schleuder ums Handgelenk kreisen.

»Was ist mit mir passiert?«, wollte ich von Odin wissen.

»Das Vieh hier unter mir hat deine Gedanken manipuliert, damit du seine Brut fütterst. Hatte ich dich nicht vor ihm gewarnt?«

Hmm, als hätte ich irgendetwas dagegen unternehmen können.

Also keine Lea. Todtraurig flog ich zum Hund. »Und jetzt?«

»Jetzt suchen wir Hajo. Du erinnerst dich? Deshalb sind wir hier.«

»Ja.« Aber ohne Lea. Was machte das dann für einen Sinn? »Aua!« Odin hatte mir in den Po gezwickt. »Was soll das?«, keifte ich ihn an.

»Hör auf mit dem Gejammer! Du wirst deine echte Lea schon noch bekommen. Jetzt müssen wir weiter. Wenn der Feuervogel aufwacht, sollten wir schon weit weg sein.«

»Warum dreht ihr ihm nicht einfach den Hals um?«

»Magische Wesen zu töten bringt Unglück«, erklärte Odin, »außerdem haben wir bestimmt sein Revier verlassen, bis er zu sich kommt.«

Mehr Erklärungen würde ich von dem Hund nicht bekommen.

Immer noch tieftraurig ließ ich mich auf Odins Rücken nieder und von ihm Richtung Straße tragen. Zum Fliegen war ich zu deprimiert.

Erik und Giada schauten sich an, zuckten mit den Schultern und nahmen Odin und mich in die Mitte.

Als wir Liezen erneut erreichten, hatte ich mich wieder einigermaßen gefangen.

Ich nahm meinen Platz an der Spitze ein und sondierte den Weg, Odin dicht unter mir.

Wir mussten nicht lange suchen. Die Plünderer hatten sich immer noch nicht die Mühe gemacht, ihre Spur zu verwischen.

Irinskat

Die nächsten vierundzwanzig Stunden schlief Erik durch. Bevor er aufstand, ließ er sich die vergangenen Tage noch einmal durch den Kopf gehen. Er wollte immer noch nicht glauben, was Meister Chong ihm erzählt hatte.

Doch der gestrige Tag hatte eindeutig bewiesen, dass der Meister recht hatte.

Erik traf Otto in der Küche.

»Siehst ganz schön scheiße aus«, begrüßte der ihn.

»Danke. Du kannst einen so richtig gut aufbauen.«

»Was war denn los?«, wollte Otto wissen.

Mit Unterstützung einer Menge starken Kaffees erzählte Erik dem alten Mann die ganze Geschichte.

»Da musst du wohl durch«, meinte Otto, »hat aber auch was Gutes.«

»Was kann daran schon gut sein?«

»Die Chancen zu überleben«, meinte Otto nur kurz. »Übrigens, hast du inzwischen die Fremden kennengelernt?«

Erik konnte Ottos abrupten Themenwechsel kaum folgen. »Häh?«

»Die Leute aus Dänemark. Du erinnerst dich?«

»Ja doch! Und nein, ich bin ihnen noch nicht begegnet. Ich war ständig trainieren.«

»Dann schmeiß dich mal in Schale! Ich stelle dich heute Abend vor.«

Erik überlegte kurz. »Okay, gerne. Ich kann ein wenig Ablenkung gebrauchen.«

Otto schaute ihn an. »Ja, glaube ich auch.«

Erik verbrachte den Nachmittag mit Duschen, Grübeln, Anprobe, Grübeln, Kaffeetrinken und Grübeln.

Otto hatte ihm einige neue Klamotten besorgt und mit den Worten »Dann siehst du nicht mehr so abgerissen aus« übergeben. Sein Lächeln hatte dabei den Worten die Schärfe genommen.

Erik bekam ein schlechtes Gewissen. Otto hatte schon so viel für ihn getan. Und er hatte keine Möglichkeit, sich zu revanchieren.

»Fertig, Erik?«, hallte es vom Nebenzimmer.

»Moment noch!« Erik sah sich im Spiegel an. Er war frisch rasiert. Die Narbe unter seinem Auge war jetzt wieder deutlich zu sehen. Die Haare hatte er zu einem Zopf zusammengebunden. Zu seiner Jeans hatte er sich ein Holzfäller-hemd ausgesucht.

Mit sich zufrieden, ging er zu Otto rüber.

Otto musterte ihn von oben bis unten. »Gut siehst du aus«, meinte er dann.

Miteinander rumflachsend gingen sie rüber zu den Dänen.

Otto und Erik wurden herzlich empfangen. Fünf

174

der Männer waren schon um die sechzig. Nur zwei waren jünger. Ungefähr Ende zwanzig.

Die Frauen waren alle zwischen fünfundzwanzig und dreißig Jahre alt.

Sie hatten das alte Ferienhaus gemütlich hergerichtet. Überall standen Sofas, kleine Tischchen und kleiner Zierrat herum. Schwere Vorhänge schluckten das Licht.

»Hallo, ich möchte euch einen weiteren Einwanderer vorstellen: Erik Klein. Er ist auch erst ein paar Monate bei uns«, stellte Otto seinen Freund vor.

Die Dänen stellten sich jeder einzeln vor und hießen Erik willkommen. Die Kinder verschwanden sofort wieder im Nebenzimmer.

Asgard, der Älteste, schien das Sagen zu haben. Otto und Erik wurden zum Essen eingeladen.

»Seid ihr auf eurer Reise Mutanten begegnet?« Genüsslich trank Erik einen Schluck selbstgebrautes Bier. Die Nordmänner hatten mehrere Fässer davon auf ihren Wagen.

»Ja, sind wir. Unsere Heimatstadt heißt Tondern. Nahe an der deutschen Grenze. Die Seuche hat uns dort erst spät erreicht. Die Städte um uns herum waren zu diesem Zeitpunkt schon fast ausgestorben. Und wir hatten Glück. Knapp achtzig Menschen in unserer Stadt haben die Masern überlebt.«

»Was ist passiert, dass ihr dann doch geflohen

seid?« Erik nippte wieder an seinem Bier und wartete gespannt auf die Antwort.

Der Däne, Erik hatte seinen Namen schon wieder vergessen, erzählte weiter: »Die Angriffe der Mutanten nahmen zu. Es war, als würden es immer mehr. Bei dem letzten Angriff starben zwanzig von uns. Danach waren wir uns schnell darüber einig, die Stadt zu verlassen. Am nächsten Tag waren wir bereits mit unseren Pferdekarren unterwegs Richtung Deutschland.«

»Warum gerade Deutschland?«, fragte Erik dazwischen.

»Wir hatten gehört, dass es hier mehr Kolonien Überlebender geben sollte als bei uns. Deshalb zogen wir los.«

»Und, habt ihr welche getroffen?«

»Nein, ihr seid die ersten friedlichen Menschen seit unserem Aufbruch.«

»Ihr seid keine sechzig Mann?« Mehr Frage als Feststellung.

»Anfangs verfolgten uns die Kreaturen. Sie erwischten ein paar von uns, gaben aber nach ein paar Tagen die Verfolgung auf. Das Schlimmste kam später.«

»Keine Roks, oder?«, meinte Erik.

»Nein, keine Roks. Kurz vor Bremerhaven begegneten wir eurer Armee. Froh, Menschen zu begegnen, fuhren wir ihnen entgegen. Sie zogen ihre Waffen und schlachteten alle ab. Wir haben nur überlebt, weil unsere Pferdekarren nicht mit

176

dem Haupttrupp mithalten konnten. So konnten wir uns in den Wald retten.«

»Sie hätten euch trotzdem erwischen müssen.«

»Hätten sie. Ja. Aber sie hatten offenbar etwas Wichtigeres vor. Wir kamen unbehelligt davon.«

Erik wurde flau im Magen. Er hatte so eine Ahnung, welche Soldaten das waren.

»Ich hoffe, hier seid ihr sicher. Bensersiel ist so klein, dass der Ort für die Soldaten wahrscheinlich zu unwichtig ist.«

Der Däne nickte. »Ja, wahrscheinlich hast du recht.«

Der Abend war gemütlich, und Erik trank noch das eine oder andere Bier.

Er diskutierte gerade angestrengt mit Asgard über die Mutanten, als ihm jemand am Gürtel zupfte.

Eriks Hand hatte schon den halben Weg zu seinem Messer überbrückt, als er seinen Reflex stoppen konnte. Er war hier bei Freunden, nicht in einer Mutantenhorde.

Die Hand an seinem Gürtel gehörte zu einem kleinen Mädchen.

»Hallo. Wer bist denn du?« Erik ging in die Knie, um auf gleicher Höhe mit dem Mädchen zu sein. »Was möchtest du?« Erik versuchte, seine Stimme sanft klingen zu lassen. Er hatte nur wenig Erfahrung mit Kindern und wollte, hier bei Freunden, bestimmt keines erschrecken.

Aber die Kleine war nicht besonders ängstlich. »Ich bin Nanuk. Und wer bist du? Du warst noch nie hier.«

»Ich heiße Erik.«

»Das meine ich nicht. Deinen Namen kenne ich schon. Aber wer bist du? Du bist anders als alle, die ich kenne.«

Erik musste schmunzeln. Das Mädchen war ganz schön aufgeweckt und kein bisschen schüchtern. »Warum meinst du das?«, fragte er zurück.

»Du siehst anders aus. Du bewegst dich wie ein Tiger, den ich mal im Zoo gesehen habe, nicht so wie die Leute aus unserer Familie.«

»Nun, ich bin nicht von hier. Das wird es sein.«

»Nein! Das ist es nicht«, widersprach Nanuk.

»Nanuk, lass den Mann in Ruhe!« Eine ruhige weibliche Stimme mischte sich ein.

»Schon gut. Lass sie ruhig!« Erik drehte sich zu der Frau um. »Sie hat ja recht. Ich sehe wirklich nicht aus wie die anderen Dorfbewohner.« Beim Reden schaute er sie an; hübsch, lange blonde Haare, höchstens einen Meter fünfundsechzig groß, Anfang zwanzig. Sie trug ein grobes Kleid, das ihre Figur betonte. Als sie zu ihm hoch lächelte, schaute er geradewegs in die schönsten Augen, die er je gesehen hatte; strahlend hellblau. Augenblicklich ging sein Atem schneller, und sein Puls fing an zu rasen. »Jjjja und ja, ähm …«, stotterte Erik. Meistens konnte er seine Schüchternheit gut überspielen. Aber jetzt? Die Frau hatte ihn völlig geflasht. Mühsam versuchte er, sich zu fangen.

»Ich bin Irinskat«, übernahm die Dänin die Initiative. Ihr konnte Eriks Reaktion auf sie kaum entgangen sein.

»Erik«, antwortete er und nahm vorsichtig ihre hingehaltene Hand.

»Meine Tochter ist manchmal etwas vorlaut, 'tschuldigung.«

»Kein Problem.« Immerhin zwei Worte. Ganze Sätze bekam er gerade nicht heraus.

Irinskat schien das nicht zu stören. »Kommst du zu unserer Feier zur Sommersonnenwende?«, fragte sie.

»Äh, ja.« Erik hätte sich für sein Gestammel in den Arsch beißen können.

»Ich freu mich drauf«, meinte Irinskat.

»Ich auch«, mischte sich Nanuk ein, »du bist nett.«

»Danke.«

»Wir lassen euch Männer dann mal wieder alleine. Komm, Nanuk.«

»Ciao, wir sehen uns beim Fest.« Erik schaute den beiden hinterher.

»Mama, der redet ja wenig«, hörte er Nanuk noch sagen.

»Reden ist nicht alles, Kind.« Dann waren sie im Nebenraum verschwunden.

Kurz danach verabschiedeten sich Otto und Erik von den Nordländern. Sie versprachen, beim Fest mitzufeiern.

Die Tage bis zur Feier vergingen nur schleppend.

Erik trainierte jeden Tag. Aber es war immer nur Özdem da. Meister Chong ließ sich nicht blicken. Özdem wich Fragen nach ihm aus.

Eriks Freund benahm sich im Ganzen recht seltsam. Er flachste zwar mit ihm herum, redete aber wenig und grinste dauernd blöd in der Gegend herum.

Erik ließ es dabei bewenden und konzentrierte sich ganz auf das Training.

Die Bewegung hielt ihn fit, forderte ihn aber kaum. Die Zeiten, als Özdem und er beim Sparring gleichwertige Kämpfer waren, schienen endgültig vorbei.

Die Abende verbrachte Erik meistens mit Otto in der Küche.

Odin ließ sich nur selten blicken. Er genoss offensichtlich seine Freiheit in den Wäldern. Wenn er kam, brachte er immer frisch erlegtes Wild mit.

»Keine Feinde in der Nähe«, teilte er Erik bei so einer Gelegenheit mit.

Am Tag der Sonnenwende schwänzte Erik das Training.

Beim Frühstück meinte Otto: »Das wird heute bestimmt ein schönes Fest.«

»Ja, glaub ich auch. An die letzte Feier, die ich mitgemacht hab, kann ich mich kaum noch erinnern.«

»Die Zeiten laden auch nicht gerade zum Feiern ein. Aber heute gibt es gleich mehrere Gründe.«

»Wieso mehrere? Ich denke, es ist eine Begrüßungsfeier.«

»Ja, auch.«

»Jetzt mach es nicht so spannend!«

Otto zögerte noch etwas. »Nun, wir feiern die neuen Mitbürger, die Sommersonnenwende, dass uns weder Roks noch Banditen angegriffen haben, und …«

»Otto!«

»Und eine Hochzeit.«

»Wieso? Was für eine Hochzeit? Wer heiratet denn?«, fragte Erik verdattert.

»Özdem heiratet Mela.«

»Özdem heiratet? Er hat kein Wort davon gesagt.«

»Bis gestern haben die beiden nur mir davon erzählt.«

Erik schüttelte den Kopf. »Na, ich hab vielleicht Freunde! Aber das erklärt zumindest sein komisches Gehabe in den letzten Tagen.«

Otto grinste. »Und ich darf das Paar sogar trauen.«

»Du? Das wird ja immer besser! Jetzt sag nicht, du bist Priester.«

»Na ja, ist schon ein paar Jahre her, dass ich das Amt ausgefüllt habe, aber ich darf es immer noch.«

»Das wird ja immer besser! Özdem heiratet, du bist ein Priester, was kommt als Nächstes? Die Seuche ist nur ein Traum oder was?«

»Eher nicht. Leider.« Otto fand Gefallen daran, Erik zu necken.

»Damit du nicht aussiehst wie ein Schlunz, hab ich dir was zum Anziehen besorgt.«

»Was stimmt denn mit meinen Sachen nicht?«, fragte Erik pikiert.

Otto verdrehte die Augen. »Ist eine Hochzeit, Erik. Hier, versuch den mal!« Damit hielt er ihm einen Smoking hin. »Und hier, die Fliege gehört auch dazu.«

Erik stöhnte. »Gut, ich probier' ihn an.« Damit war das Thema für ihn erledigt.

Die nächsten Stunden verbrachten die zwei mit alten Geschichten.

Um drei machten sie sich dann für die Feier fertig. Erik rasierte sich, band seine Haare zu einem Zopf und warf sich den Smoking über. Er passte perfekt.

In diesem Moment kam Odin durchs Fenster ins Zimmer. »Wow, Mensch! Was hast du denn vor?«

»Als wenn du nicht längst alles wüsstest!«, grummelte Erik.

Bei einem Menschen hätte Odins Gesichtsausdruck herzhaftes Lachen bedeutet. »Viel Spaß! Ich bin im Wald.«

»Jaja, verlauf dich nicht!« Damit wandte sich Erik wieder dem Spiegel zu. »Na, dann mal los«, flüsterte er zu sich selbst.

Gemeinsam mit Otto schlenderte er zur Festhalle.

Gedämpfte Musik schlug ihnen entgegen.

Otto warf sich seinen Talar über. »Dann werd' ich jetzt mal das Paar trauen.« Und weg war er.

Erik betrat die Halle und schaute sich um. Vor Kopf war ein Altar aufgebaut, und einer der Dorfbewohner spielte auf einer alten Orgel.

Dann sah er sie!

Irinskat stand bei zwei Dänen und winkte in seine Richtung.

Bei ihrem Anblick stockte Erik der Atem.

Kat trug ihre blonden Haare offen, ihr schlanker Körper wurde von einem eleganten, blauen Jumpsuit umschmeichelt.

Die hohen Schuhe mit vierzehn Zentimeter hohen Metallabsätzen rundeten das Bild perfekt ab. Sie sah einfach bezaubernd aus.

Erik musste dreimal durchatmen, bevor er sich in Bewegung setzen konnte.

Die Dänen begrüßten ihn herzlich, Irinskat

mit einem Lächeln, das ihm fast den Verstand raubte.

»Schön, dich zu sehen«, begrüßte er sie.

»Schön, dich zu sehen.« Eine kurze Umarmung, ein tiefer Blick in die Augen.

Die Orgelmusik setzte ein.

Erik zuckte zusammen. Er hatte sich völlig in den leuchtenden, hellblauen Augen der schönen Dänin verloren.

»Komm, wir setzen uns!«

Erik realisierte, dass schon fast alle auf den aufgestellten Stühlen vor dem provisorischen Altar saßen. »Ja«, antwortete er.

Schnell setzten sie sich zu den anderen.

Özdem und seine Braut warteten bereits vor dem Traualtar auf Otto.

Die Bühne war mit Rosenblüten dekoriert. Das Licht war gedämpft. Die Dorfbewohner hatten es geschafft, den Saal in eine romantische Kirche zu verwandeln.

Özdem, der seine Zukünftige um gut anderthalb Köpfe überragte, konnte nicht auf der Stelle stehen bleiben.

Als alle saßen und die Musik ihren Höhepunkt erreichte, betrat Otto die Bühne.

Augenblicklich wurde es still.

Was für eine Autorität der alte Mann ausstrahlte! Erik erkannte ihn kaum wieder.

Souverän vollzog er die Zeremonie. Nur Ottos Stimme war zu hören.

Dann die Ja-Worte des Brautpaares.

Als sich das Brautpaar küsste, brach Jubel aus.

Er war, als würde sich die Anspannung der letzten Monate mit einem Schlag von den Menschen lösen und ein wenig Normalität einziehen.

Alle gratulierten dem Brautpaar. Dann wurde gefeiert. Alkohol floss in Strömen.

Erik nutzte jede Gelegenheit, um mit Iriskat zu tanzen. Bald schon musste sie ihre hohen Schuhe gegen flachere austauschen.

Die Tänze wurden wilder.

Erik vergaß für diesen Abend alles andere. Er hatte nur Augen für Irinskat.

Bei kurzen Gesprächen mit Özdem, Otto und den anderen Gästen war Erik kaum bei der Sache.

Gegen vier Uhr morgens endete die Feier.

»Danke, dass ich mit der schönsten Frau des Abends tanzen durfte.« Erik hielt immer noch Iriskats Hand. Er wollte sie auf keinen Fall loslassen.

Sie zog seinen Kopf zu sich herunter. »Wir sehen uns morgen.« Dabei hauchte sie ihm einen Kuss auf die Lippen.

Eriks Finger legten sanft eine Haarsträhne hinter ihr Ohr. »Ich komm nach dem Training bei dir vorbei, okay?«

»Ich freu mich drauf.« Damit verschwand sie.

Gerade als Erik losgehen wollte, tippten ihm zwei Finger auf die Schulter. »Hey, Alter, in welchem Kosmos lebst du denn gerade?« Özdems lachendes Gesicht tauchte aus dem Schatten auf.

»Hey, verheirateter Mann! Solltest du nicht inzwischen auf deiner Frau liegen?«, konterte Erik.

Özdem lächelte gequält. »Eigentlich schon. Aber das Zeug, das die Dänen trinken, hat sie umgehauen.«

Jetzt musste Erik lachen. »Wir sind schon zwei. Du bist verheiratet und ich; na ja, egal. Und jetzt gehen wir beide alleine ins Bett.«

»Tja, die Welt ist grausam.« Özdem klopfte Erik noch einmal auf die Schulter. Dann ging jeder für sich alleine nach Hause.

Am nächsten Tag fing sich Erik beim Training zahlreiche Treffer von dem dauergrinsenden Özdem ein.

»Was ist los? War deine Frau doch noch wach?«

»Nein, sie schläft immer noch.«

»Was denn dann? Dein Gegrinse nervt langsam.«

»Lass mir das Vergnügen! Seit Monaten bin ich ausschließlich ein Punchingball für dich. Ohne Chance, dich auch einmal zu erwischen. Weiß du eigentlich, wie deprimierend das ist? Aber heute? Macht Spaß! Bringen Frauen dich so aus dem Gleichgewicht?«

»Ha ha ha.« Eriks Faust erwischte Özdem genau auf die Leber.

»Geht doch.«

Jetzt grinste Erik zufrieden.

Als Özdem wieder hochkam, meinte er: »Schon gut. Ich sag nix mehr.«

Die zwei alberten während des Trainings herum. Beide hatten so gute Laune wie schon lange nicht mehr.

Als Erik nach dem Sport nach Hause kam, erholte sich Otto noch von der Feier.

Erik ging auf sein Zimmer und zog sich um.

Kurze Zeit später klopfte er bei Irinskat.

»Hi. Komm rein.« Ein flüchtiger Kuss zur Begrüßung, und Eriks Puls schlug wieder Purzelbäume.

»Auch hi.« Damit betrat er das Haus.

Nanuk schoss um die Ecke »Hey, Großer!«

»Hey, Nanuk.« Erik kniete sich zur Begrüßung zu dem Mädchen runter.

»Was machst du hier?«

»Hmm, ich dachte, ich besuche mal deine Ma.«

»Wieso?«

»Äh! Na ja. Weißt du …?«

»Nein, ich weiß nicht. Deshalb frage ich dich ja.«

Erik schaute hilfesuchend zu Irinskat.

Die hatte ihren Spaß an der Situation und machte keinerlei Anstalten, Erik zu helfen.

»Deine Ma ist ziemlich nett. Und schön ist sie auch. Wenn du nichts dagegen hast, würde ich sie dir gerne für einen Spaziergang entführen.«

Nanuk überlegte einen Moment. »Wenn du lieb zu ihr bist, ist das okay. Mama, ich gehe rüber zu den Olsens.«

»Sei aber zurück, bevor es dunkel ist.« Dann wandte sie sich Erik zu. »Und ich werde gar nicht gefragt?«

Erik kam ins Schwimmen. »Ich dachte, du wolltest …«

Mit einem bezaubernden Lächeln löste Irinskat die Situation. »Ich nehm dich nur auf den Arm.« Mit den Worten sprang sie Erik in die Arme.

Ihm blieb gar nichts anderes übrig, als sie aufzufangen, festzuhalten und zu küssen.

Ihre warmen, samtweichen Lippen elektrisierten Eriks ganzen Körper, ihr Duft verwirrte seine Sinne. Ihre Zunge schob sich vorsichtig durch seine Lippen und spielte mit seiner Zunge. Ein leises Stöhnen entwich seiner Kehle. Seine Hände griffen reflexartig fester um die sanften Rundungen ihres Pos.

Der große Krieger, der keinen Gegner fürchtete, wurde zu Wachs in Irinskats Armen.

Lächelnd löste sie sich von ihm.

»Hallooo, ihr zwei.« Nanuk stand fertig angezogen im Flur. »Ich gehe jetzt.«

»Warte, wir bringen dich hin.« Irinskat warf

sich schnell eine Jacke über. Erik hatte sich noch nicht bewegt.

Gemeinsam brachten sie Nanuk zu den Olsens. Dann schlenderten sie, Hand in Hand, zum Strand.

Das ruhige Wasser traf auf einen menschenleeren Strand.

Irinskat und Erik suchten sich einen geschützten Platz bei den Dünen. Dort saßen sie stundenlang und schauten aufs Meer.

Als die untergehende Sonne am Horizont auf das Wasser traf, lag Irinskat in Eriks Armen und genoss den Anblick, der sich ihr bot.

Erik genoss ihre Nähe. Er zog sie näher zu sich heran. Seine Finger streichelten ihren Bauch, wanderten langsam höher und umschmeichelten ihre Brust.

Irinskat drückte Erik auf den Rücken. Sie schob ihr Knie über seinen Bauch. Ihre Hände strichen über seine Muskeln. Sie ließ ihre Zunge um seinen Bauchnabel kreisen und dann langsam seinen Körper hochwandern.

Sie hob den Kopf, um ihn zu küssen.

Und erstarrte!

Ein dunkles Augenpaar blickte sie aus einer Handbreit Entfernung an. Unter den Augen zwei Reihen messerscharfer Zähne.

»Ich glaube, ich habe dein Weibchen erschreckt«, hallte es in Eriks Kopf.

Das Geräusch aus Eriks Kehle hätte jeden anderen als Odin umgehend in die Flucht geschlagen. Doch der blieb völlig unbeeindruckt.

»Verdammter Köter!«, knurrte Erik. »Kat, alles in Ordnung! Der Hund gehört zu mir.«

Irinskats Körper entspannte sich. Sie setzte sich auf. Dabei zog sie Eriks Hand aus ihrem Slip.

Erik grunzte frustriert.

»Das ist doch kein Hund, Erik.« Irinskat hatte sich schnell gefangen. »Kein normaler Hund ist so groß.«

»Odin ist auch kein normaler Hund. Aber schon ein Hund.«

»Odin heißt du?« Irinskat schob sich über Eriks Körper zu Odin.

»Willst du mich in den Wahnsinn treiben?«, seufzte Erik.

Ein Lächeln, ein Blick nach unten in Eriks Gesicht, eine leichte Hüftbewegung. »Vielleicht«, meinte Irinskat. Dann streckte sie die Hand vorsichtig nach Odin aus.

Der ließ sich mit einem wohligen Schnurren den Kopf kraulen.

Im nächsten Moment warf er sich neben den beiden auf den Rücken, um sich von Irinskat den Bauch kraulen zu lassen.

»Ich fass es nicht«, flüsterte Erik, »jetzt spielt er auch noch Schoßhündchen.«

»Das ist echt gut.« Mit dem Gedanken leckte Odin Irinskats Hand.

»Ich dreh dir den Hals um, du hinterhältiger Köter!« Erik fand das gar nicht lustig.

»Sprichst du mit dem Hund?«, fragte Irinskat, während sie ihre Klamotten zurechtrückte, was Eriks Frustration noch verstärkte.

»Ja, und er versteht mich. Ich erklär es dir später.« Zu Odin gewandt: »Monatelang lässt du dich kaum blicken, und ausgerechnet jetzt tauchst du auf.«

Bis auf einen verschmitzten Blick des Hundes erntete Erik keinen Kommentar.

Irinskat legte ihm sanft die Hand auf den Arm. »Es gibt nichts, was wir nicht nachholen können.« Das Versprechen in ihrer Stimme ließ seine Wut verrauchen.

Er nahm Irinskats Hand und brachte sie zurück zu ihrem Haus.

Odin wich nicht von ihrer Seite.

»Ich bin stinksauer auf dich«, knurrte Erik ihn an.

Als sie Irinskats Haus erreichten, öffnete Nanuk die Tür.

»Hi, Mam.« Dann sah sie Odin. »Wow, was ist das denn?«

»Das ist Odin. Er ist ein Germanischer Bärenhund«, erklärte Erik, » kannst ihn ruhig anfassen.«

Wie auf Kommando schob sich Odin nach vorne und kuschelte sich an Nanuk. Die beiden waren ungefähr gleich groß.

»Boah, ist der weich!« Nanuk kraulte Odins dicken Kopf. Sie zeigte nicht den Hauch von Angst.

Während Nanuk mit Odin beschäftigt war, verabschiedete sich Erik von Irinskat.

Irinskat ließ ihre Hand zwischen Eriks Beine gleiten. »Morgen«, flüsterte sie ihm ins Ohr.

Graz

Verflucht, war das kalt! Heute hatten wir den ersten richtigen Schnee. Das war nicht mein Wetter. Schließlich bin ich ein Kauz, keine Schneeeule. Die Menschen hatten sich dick eingepackt. Besonders Giada fror. Sie war solche Temperaturen aus Italien nicht gewöhnt.

Sie stapften unter mir durch den Schnee.

Von Odin war nichts zu sehen. Er war ein ganzes Stück voraus.

Wir folgten den Plünderern auf geradem Weg nach Graz. Es schien, als würden sich selbst die Roks vor der Kälte verkriechen.

Ich flog zur Absicherung immer größere Kreise. Es waren keine Mutanten zu sehen. Auch Odin, der am Boden absicherte, begegnete keiner der Kreaturen.

So plätscherte die Zeit dahin, bis wir Graz erreichten.

Die Kälte machte uns inzwischen das Leben richtig schwer. Ich wärmte mich zwischendurch immer mal wieder in Eriks Mantel auf.

Nur Odin zeigte sich von der Kälte unbeeindruckt. Im Gegenteil, er schien immer munterer zu werden, je kälter es wurde. Odin genoss den Schnee.

Als die ersten Häuser von Graz auftauchten, waren wir froh, dass wir eine Nacht nicht im Freien schlafen mussten.

Odin hatte ein leerstehendes Gebäude gesichert. Rundherum nur freies Gelände. Niemand konnte uns dort überraschen.

Die Menschen kuschelten sich auf einer großen Matratze zusammen.

Ich machte es mir in dem antiken Kronleuchter bequem.

Odin blieb draußen im Schnee.

Ich wäre gerne länger in dem Haus geblieben, aber Erik drückte aufs Tempo. Er schickte Odin und mich als Kundschafter vor in die Stadt.

Die Menschen rechneten damit, dass die Plünderer uns einen Hinterhalt legen würden. Dabei war sich Erik sicher, dass Hajo ein Ziel vor Augen hatte, das für ihn viel wichtiger als ein paar Verfolger war. Dazu passte nur nicht die Entführung von Irinskat und Nanuk. Sie konnten für ihn eigentlich nur eine Belastung sein.

Odin und ich brauchten den ganzen Tag, um die Stadt abzusichern.

Bei Einbruch der Dämmerung rückten Giada und Erik nach.

Quälend langsam durchquerten wir Graz.

»Hörst du das Geräusch auch?«, flüsterte Giada Erik zu.

»Ja, Odin soll mal nachsehen.«

»Hab's schon mitbekommen«, klang es in Eriks Kopf.

»Zach soll weiter alles aus der Luft beobachten.«

»Geht klar.« Odin war schon auf der Suche.

Aus der Luft war nichts zu sehen. Nur das helle Fell des Hundes blitzte hin und wieder auf.

»Seid vorsichtig, ich wittere Roks. Irgendetwas stimmt hier nicht«, kam es von Odin.

Sofort waren Giada und Erik von der Straße verschwunden.

Ich segelte etwas verloren weiter. Etwas Ungewöhnliches konnte ich immer noch nicht entdecken.

»Odin, verdammt, in welche Richtung?« Eriks Stimme; drängend.

Mein Puls stieg an.

»Ich hab's noch nicht.« Odins frustrierte Antwort.

»Hilf mit, Zach! Wir können keine Roks im Rücken gebrauchen.«

Ich glitt auf Mannshöhe runter. Die Dunkelheit kam mir entgegen. Aber kein Grund, unvorsichtig zu werden.

Ich näherte mich dem Ursprung des Geräuschs.

»Kauz, komm her!« Odin hatte sich einen Platz ausgesucht, von dem aus er eine alte Molkerei beobachten konnte.

»Wir warten auf Giada und Erik. Irgendetwas stimmt hier nicht.«

Ich setzte mich auf Odins Schulter.

Kurz darauf erreichten uns die beiden Menschen.

Kaum hatten sie sich zu uns niedergekniet, hallte ein grausiger Schmerzensschrei aus der Halle.

Ich flatterte hoch zur nächsten Scheibe. Mitten in dem Raum war eine Frau angebunden. Das Geräusch kam von dem Antrieb einer Konstruktion, die dafür sorgte, dass sich ein schartiges Messer millimeterweise in den Körper der Frau schob.

Erik, der die Bilder direkt von mir in seinem Kopf empfing, wollte sofort losstürmen.

Giada hielt ihn an der Schulter zurück. »Was ist?«, wollte sie wissen.

Schnell klärte Erik sie auf. »Das ist eine Falle. Das Geräusch, das Foltern. Alles so, dass wir es mitbekommen müssen.«

Während die zwei redeten, bemerkte ich die drei Toten, die bei der Frau im Raum lagen. Alle mit Stichwunden. Dieselbe Stelle wie bei der Frau.

Also wussten sie nicht, wann wir kommen. Sie versuchten, uns schon länger anzulocken.

»Erik, was machen wir? Auch wenn es eine Falle ist, die Frau hält nicht mehr lange durch.«

»Komm wieder runter zu uns, Zach!«

Wir beratschlagten, was zu tun war.

Die Frau fing wieder an zu schreien.

»Sie müssen in der Nähe sein. Sonst können sie ihre Falle nicht zuschnappen lassen. Vielleicht sollten wir einfach reingehen und es aus-

kämpfen.« Erik favorisierte die Holzhammerme-
thode.

»Ohne zu wissen, wer oder was uns erwartet
und wie viele? Keine gute Idee.« Giada bremste
ihn aus, hatte aber keinen besseren Vorschlag.

»Lasst es mich versuchen!« Hatte ich das gesagt? Ich konnte es selbst nicht glauben.

»Gut. Du hast fünf Minuten.«

Meinen ganzen Mut zusammennehmend glitt
ich durch einen Lüftungsschacht in die Halle.

Ich hielt mich dicht an der Wand.

Der Raum war, bis auf die Frau, leer.

Ich suchte nach Eingängen, versteckten Tü-
ren oder Ähnlichem. Von irgendwoher mussten
die Roks doch ihren Angriff planen.

Das Stöhnen der Frau verursachte mir Gän-
sehaut.

Dann hatte ich es!

An den Längsseiten der Halle gab es zwei
versteckte, große Falltore. Durch die konnten
massenhaft Roks gleichzeitig den Raum fluten.

»Hab ich«, hörte ich Odin in meinem Kopf.

Ich suchte nach einer Lücke, um hinter die
Wand zu kommen.

Wieder half mir ein Lüftungsschacht.

Als ich den Schacht passiert hatte, konnte ich
sie sehen. Es war Ragur, umgeben von seinen
südlichen Roks.

Ich wollte genauso unbemerkt wieder verschwinden, wie ich hereingekommen war.

Aber daraus wurde nichts. Ich hätte es mir denken können.

Ragur hatte Wächter positioniert. Eine große Schneeeule schoss auf mich zu. Ich klappte meine Flügel ein und ließ mich wie ein Stein zu Boden fallen.

Die Schneeeule reagierte zu langsam. Sie verfehlte mich und knallte gegen die Wand.

»Selber schuld, blödes Vieh!« Ich breitete meine Flügel aus und fing mich zwei Fingerbreit vom Boden entfernt ab.

Die weiße Eule war jetzt richtig sauer.

Diesmal kam sie frontal auf mich zu.

Vor einem halben Jahr noch, hätte sie mich jetzt gehabt. Aber ich hatte inzwischen viel dazugelernt. Ich tat etwas, mit dem sie nicht rechnete: Ich griff an.

Ich beschleunigte, merkte, dass sie einen Sekundenbruchteil stutzte. Den nutzte ich aus und schlug ihr meine Krallen in die Augen.

Blind ging sie zu Boden.

Während ich mit der Schneeeule kämpfte, waren meine Gefährten in die große Halle eingedrungen.

Es war ihnen gelungen, eine der Falltüren zu blockieren.

Nur die Roks von meiner Seite strömten in die Halle.

Über ihren Köpfen folgte ich ihnen.

Erik befreite die Frau und legte sie zu Boden.

Giada erweckte ihr Schwert mit leisem Gesang zum Leben. Den ersten Rok, der in ihre Nähe kam, zerteilte das Schwert von der Schulter bis zur Hüfte.

Odin hatte sich in der Mitte der Halle positioniert. Dort hatte er maximale Bewegungsfreiheit.

Auch Erik hielt jetzt sein Schwert in der Hand.

Ganz gegen die Gewohnheit der Roks stürmten sie nicht planlos auf meine Gefährten zu, sie kreisten sie ein und hielten Abstand.

Odin duckte sich zum Sprung.

Die Roks auf seiner Seite sprangen auseinander. Dabei entfalteten sie ein Stahlnetz, das sich über den Hund legte. Sofort blockierten sie die Ränder des Netzes mit ihrem Körpergewicht.

Odins Wut sprengte mir fast den Schädel.

Die Roks an den Netzkanten wurden kräftig durchgeschüttelt. Es gelang ihnen aber, das Netz an im Boden eingelassenen Haken zu befestigen.

Ragur bewegte sich auf Odin zu.

Das Toben des Hundes wurde noch wilder.

Das Netz hielt.

Der riesige Mutant war von Odins Toben völlig unbeeindruckt. Seine Leute zogen das Netz straffer.

Ragur stand nun in Schlagreichweite zu Odin. Mit einer Hand hob er sein grobes Schwert über seinen Kopf und ließ es mit aller Macht auf Odin niederkrachen. Ich konnte nichts tun! Das zerfurchte Schwert der Kreatur schlug auf Eriks feingeschmiedete Waffe.

In letzter Sekunde war es dem Menschen gelungen, in Ragurs Nähe zu kommen. Der Hieb prellte ihm fast seine Waffe aus der Hand.

Ragur brüllte vor Wut. Mit übermenschlicher Gewalt wirbelte sein Schwert auf Erik zu.

Und traf ins Leere.

Erik wich zurück. Er lockte Ragur von dem gefangenen Hund weg. In seiner Raserei bemerkte der Rok davon nichts.

Zeitgleich kämpfte sich Giada von der anderen Seite auf Odin zu. Die Runen ihres Schwertes verbreiteten ein gleißendes Licht.

Es war das erste Mal, dass ich ihre Waffe vollkommen gestimmt sah. Kriegerin und Schwert bildeten eine tödliche Einheit. Giada bewegte sich mit rasender Geschwindigkeit.

Doch ihre Gegner waren keine normalen Roks. Diszipliniert bildeten sie eine Formation, um gegen die Schwertkämpferin vorzugehen.

Bisher war erst ein Rok gefallen.

Giada nahm die Herausforderung an, stieß blitzschnell vor, tötete dabei einen Mutanten und ging sofort wieder in Defensivstellung. Von ihrem Schwert erkannte ich nur noch Lichtblitze.

Und Giadas Taktik ging auf.

Trotz ihrer Disziplin hatten die Roks Odin aus den Augen verloren.

Ohne das zusätzliche Gewicht der Roks auf den Rändern des Netzes konnte sich der Hund befreien. Der Laut, den er beim Angriff ausstieß, ließ meinen Körper fast zu Eis erstarren.

Fast derselbe Laut kam von Erik aus der anderen Seite der Halle.

Dann zerbarst die blockierte Falltür, und weitere zwanzig Roks fluteten den Raum und stürzten sich mit triumphierendem Gebrüll auf den Hund.

Giada kämpfte inzwischen mit dem Rücken zur Wand. Keine Möglichkeit, weiter zurückzuweichen.

Das Triumphgeschrei der Roks wandelte sich in Schmerzensschreie.

Odin war wie entfesselt. So hatte selbst ich ihn noch nicht kämpfen sehen.

Kaum eine Minute war um, als von der Verstärkung der Roks nur noch blutige Eingeweide und verstreute Körperteile übrig waren.

Und Erik?

Erik war in einem verbissenen Kampf mit Ragur verwickelt.

Einer von Ragurs Leuten hatte sein Schwert quer über Eriks Rücken geschlagen. Der Rok lag jetzt kopflos auf dem Boden, aber Eriks Wunde blutete heftig.

Ich flog näher. Vielleicht konnte ich mit meinen Krallen Ragurs Augen erwischen.

Nein! Keine Chance, an den wirbelnden

Schwertern vorbeizukommen. Das gelbe Leuchten hatte in Eriks Augen Einzug gehalten. Er lächelte. Mit jeder Sekunde wurden seine Schwerthiebe härter, wilder. Der Schnitt über seinen Rücken hätte ihn eigentlich jede Sekunde umfallen lassen müssen.

Ragur prellte ihm die Waffe aus der Hand.

Das gelbe Licht in Eriks Augen fing an zu glühen.

Ragur holte zum tödlichen Schlag aus.

Erik schoss nach vorne, blockte Ragurs Schwertarm mit seinem linken Unterarm. Seine Rechte stieß nach vorne, durchbrach Ragurs Hals, fasste seinen Kehlkopf und riss ihn heraus.

Röchelnd sank der Mutant auf die Knie.

Erik nahm Ragur das Schwert aus der Hand und zerteilte ihn mit seiner eigenen Waffe sauber in zwei Hälften.

Aus der Bewegung hob er sein eigenes Schwert auf und warf sich mit zwei wild wirbelnden Waffen gegen die Roks.

Während Erik und Odin zwischen den Mutanten wüteten, war es Giada gelungen, sich freizukämpfen.

Nach und nach fielen alle Kreaturen.

Giada näherte sich Erik.

»Radonk!« Gerade noch konnte sie Eriks Schlag abblocken.

Schon flog die zweite Klinge auf sie zu.

Verzweifelt warf sie sich durch die geborstene

Falltür. Raus aus Eriks Blickfeld. Erik schlug weiter auf die schon toten Kreaturen ein. Sein Körper war über und über mit Blut bedeckt.

Er stapfte weiter durch die Halle. Die Schwerter fielen ihm aus den Händen. Er sackte auf die Knie. Dann fiel er einfach um. Das gelbe Licht in seinen Augen erlosch.

Ich wollte zu ihm.

»Am Fenster. Die Eule. Hol sie dir, Kauz! Sie ist ein Späher. Sie darf auf keinen Fall zu Hajo gelangen.« Odins Stimme. Drängend in meinem Kopf.

»Aber Erik.«

»Flieg! Wir kümmern uns um Erik«, wischte Odin meinen Einwand zur Seite.

Der Späher war eine Schleiereule. Sie hatte bereits mehrere hundert Meter Vorsprung. Offensichtlich rechnete sie nicht mit einer Verfolgung. Sie flog ohne jegliche Deckung. Ich nahm Tempo auf und stieg dabei stetig höher.

Als ich die Schleiereule erreichte, war ich gut vierzig Meter über ihr.

Sie hatte mich nicht bemerkt.

Ich nahm Maß. Als ich mir sicher war, sie zu erwischen, griff ich im Sturzflug an.

Knapp vor dem Aufprall streckte ich meine Krallen vor. Ich erwischte sie im Genick. Meine Krallen durchbrachen ihre Haut.

Kreischend versuchte sie, sich loszuzappeln.

Ich ließ ihr keine Möglichkeit. In vollem

Tempo flog ich auf einen Kamin zu. Meine Beute erriet, was ich vorhatte. Sie versuchte alles, um loszukommen.

Es half ihr nichts.

Ich flog nur Millimeter über dem Kamin. Die Beute in meinen Fängen krachte dabei vor die Ziegel. Mit einem trockenen Knacken brach ihr Genick.

Erschöpft drehte ich um und kehrte zu meinen Gefährten zurück.

Neuanfang

Die nächsten Wochen vergingen für Erik wie im Flug.

Er war verliebt wie ein Teenager.

Und Irinskat ließ keinen Zweifel aufkommen, dass es ihr genauso ging.

Auch Nanuk hatte den großen Krieger in ihr Herz geschlossen.

Erik trainierte regelmäßig mit Özdem.

Meister Chong hatte er nur noch einmal gesehen. Er war in den Dojang gekommen und hatte Erik erklärt, dass er ihm nichts mehr beibringen könne.

Dabei sah sein Meister dreißig Jahre älter aus als bei ihrer ersten Begegnung.

Erik nahm die Aussage seines Meisters zur Kenntnis und nutzte die Gelegenheit, sich bei ihm für alles, was er getan hatte, zu bedanken.

Inzwischen hatte der Herbst die Wälder in bunte Farben getaucht.

Gut die Hälfte der Dänen war weitergezogen. Sie wollten in Holland ihr Glück versuchen.

Das Training mit Özdem war nett, beibringen konnte er Erik aber nichts mehr. Er war unterfordert, und eine innere Unruhe hatte ihn gepackt.

Erik hatte sich an die Dorfbewohner gewöhnt, und besonders Otto war ihm ans Herz gewachsen. Aber die Küste war einfach nicht seine Heimat.

»Erik, du bist hier doch nicht glücklich. Lass uns in deine Heimat reisen! Ich habe mit Nanuk gesprochen. Für sie wäre es auch kein Problem, Bensersiel zu verlassen.« Irinskat hatte schon mehrfach betont, dass sie mit Erik überall hingehen würde.

»Du hast recht. Aber ich möchte euch nicht in Gefahr bringen. Der Weg in meine Heimat ist weit, und ich weiß nicht, was uns am Ende erwartet.« Erik war hin- und hergerissen.

»Gefährlich ist es überall. Und wir werden nirgendwo sicherer sein als bei dir und Odin.«

Erik überlegte nur noch kurz. »Gut, dann ist es entschieden. Pack alles zusammen! Wir brechen in zwei Tagen auf. Dann erreichen wir das Ruhrgebiet noch vor dem Winter.«

Am nächsten Tag verabschiedete sich Erik von seinen Bekannten in Bensersiel.

Am schwersten fiel ihm der Abschied von Otto. Und Özdem würde er vermissen. Auch wenn die Trennung diesmal nicht so radikal ausfiel wie zu seiner Armeezeit.

Auch Meister Chong nahm sich für eine knappe Verabschiedung Zeit.

Irinskat fiel der Abschied von ihren Bekannten nicht sonderlich schwer. Zu den Dorfbewohnern hatte sie noch keine intensive Bindung aufgebaut, und die Dänen, die noch verblieben waren, zählten nicht zu ihrem engsten Freundeskreis.

Am Abreisetag waren dann auch nur Otto und Özdem da.

Irinskat hatte ein Pferd vor ihren Karren gespannt. Nanuk saß auf dem Bock und hatte die Zügel in der Hand.

Für Erik und sich hatte sie ihre zwei Knabstrupper, auffällig gezeichnete Tigerschecken, gesattelt.

Erik hatte erst Bedenken wegen der auffälligen Zeichnung der Pferde, war dann aber mit Irinskat übereingekommen, dass der Vorteil der Mobilität überwog. Zudem war er sich sicher, dass sich Irinskat auf keinen Fall von ihren Pferden getrennt hätte.

Sie umarmten Otto und Özdem noch einmal herzlich, dann schwang sich Irinskat elegant auf ihre Stute.

Erik stieg auch, weit weniger elegant, auf sein Pferd.

Die Reise zu einem Neuanfang begann. Knapp dreihundert Kilometer Strecke lag vor ihnen.

Da sie die ehemaligen Autobahnen meiden wollten, würde es ein langer und beschwerlicher Weg werden.

Aufgrund Eriks Erfahrungen mit den Soldaten in den Städten würden sie auch alle größeren Ansiedlungen meiden.

Als Bensersiel hinter ihnen verschwand, stieß Odin zu ihnen.

Jetzt komplett, erhöhten sie das Tempo. Es war ein ruhiger Reisebeginn. Alle hingen ihren Gedanken nach.

Odin hatte automatisch die Spitze der kleinen Gruppe übernommen.

Erik wäre gerne neben Irinskat geritten. Aber es war sicherer, in Formation zu reiten; Odin als Vorhut, Irinskat vor dem Karren und Erik als Rückendeckung am Schluss.

Die ersten Tage verliefen ereignislos.

Dadurch hatten Irinskat und Erik viel Zeit, die sie miteinander verbringen konnten.

Immer, wenn Erik sie im Arm hielt, wollte er sie nicht wieder loslassen. Nie mehr!

Einen Großteil der Zeit unterrichtete Erik seine neue Familie im Kämpfen.

Irinskat und Nanuk waren gelehrige Schülerinnen. Sie würden sich gegen die meisten menschlichen Gegner behaupten können.

Leider hatten sie nur ein Schwert, aber die langen Messer wurden in den Händen der beiden Frauen auch zu gefährlichen Waffen.

In der Höhe von Meppen kam es zu einem ersten Zusammenstoß mit einigen Mutanten. Odin hatte sie rechtzeitig bemerkt und Erik informiert.

Man konnte kaum von einem Kampf reden. Die Roks wurden von Erik und Odin überrumpelt. Es war eine kleine Gruppe, nur fünf Kreaturen stark.

Erik wirbelte zwischen sie und erschlug drei, während Odin die restlichen zwei zerfleischte.

Erik sammelte zwei der Schwerter auf, um später mit Irinskat und Nanuk den Schwertkampf zu trainieren.

Zu viel mehr taugten die Waffen auch nicht.

Das regelmäßige Training zeigte Wirkung. Irinskat und Nanuk waren Erik konditionell inzwischen ebenbürtig.

Mit jedem Tag nahmen ihre Fähigkeiten zu.

Die Reise führte die kleine Familie nahe an Münster vorbei. Eine Stadt, die Erik früher gerne besucht hatte.

Jetzt schien die ganze Stadt zu brennen. Der Horizont war glutrot gefärbt. Dicke, schwarze Rauchwolken zogen über den Himmel.

Schnell änderte Erik die Route, um Münster noch weiträumiger zu umgehen als geplant.

»Erik, eine Gruppe Menschen kommt auf euch zu«, hallte es in Eriks Kopf, »alles Männer, einer davon auf einem Pferd.«

Erik schloss zu Irinskat auf und erzählte ihr von Odins Beobachtung.

»Wie sollen wir uns verhalten?«, fragte sie.

»Es sind keine Soldaten. Vielleicht sind sie ja friedlich. Schauen wir mal, was passiert«, antwortete Erik. Zu Odin: »Lass dich nicht sehen und halt uns den Rücken frei!«

Dann sahen sie die Männer auch schon.

Sechs abgerissene Gestalten. Eindeutig Menschen. Keine Roks.

Der auf dem Pferd hob die Hand. »Hallo, Freunde. Wohin des Weges?«

»Richtung Ruhrgebiet. Und ihr?« Erik taxierte die Gruppe: keine offensichtlichen Waffen, undiszipliniert und schlecht ernährt. Definitiv keine Freunde!

»Mal hierhin, mal dorthin«, antwortete der Wortführer.

Seine Männer begannen, den Wagen einzukreisen.

»Pfeif deine Männer zurück und verschwindet!« Erik wirkte nicht besonders besorgt.

Der Typ auf dem Pferd ließ sein Reittier nach vorne springen. Seine Hand schnappte nach Irinskats Hüfte. »Au, verdammt!«, schrie er. Aus der Innenseite seines Oberschenkels ragte Irinskats Dolch. Mit einem blitzartigen Zucken ihrer Hand hatte sie ihm die Waffe ins Bein gerammt. Wimmernd fiel der Bursche vom Pferd.

Seine Kumpane wollten auf den Wagen springen. Das Grollen, das sie dort erwartete, ließ sie in der Bewegung erstarren.

Odin war neben Nanuk aufgetaucht. Er hatte sich leise zu den Menschen zurückgeschlichen. Jetzt setzte er zum Sprung an.

210

»Nicht nötig«, meinte Erik, »die Herrschaften wollten gerade gehen. Nicht wahr?«

Die Männer nickten.

»Und ihre Waffen wollen sie hierlassen.«

»Auf keinen Fall!«, riefen sie, und ihre Hände zuckten zu den Gürteln. Mitten in der Bewegung verharrten sie. Sie hatten in Eriks Augen etwas gesehen, was sie jeden Widerstand vergessen ließ.

Vorsichtig zogen sie ihre Messer aus den Gürteln und ließen sie fallen.

»Und nehmt euren Boss mit!«

Zwei der Gestalten fassten den Verletzten unter den Achseln.

»Moment. Das Messer bleibt hier.« Damit zog Erik dem Mann den Dolch aus dem Bein.

»Argh! Willst du mich umbringen?«, schrie der Kerl.

Erik schaute ihn nur kurz an. »Es war deine Entscheidung.« Dann hob er die Waffen auf, legte sie in den Wagen und stieg auf sein Pferd.

»Lasst uns weiterziehen!« Den Männern schenkte er keine Beachtung mehr. Er wusste, sollten sie noch etwas versuchen, konnte sie nichts auf dieser Welt vor dem Hund retten.

Knapp zwei Monate nach ihrem Aufbruch erreichten sie Witten. Die Stadt, in der einst die erste Kohle gefunden wurde, war Eriks Heimat.

Er hoffte, dass in dem ehemaligen Ballungsgebiet noch einige freundliche und friedliche Menschen überlebt hatten.

Wichtiger war aber, dass Hajo diese Gegend hasste und es unwahrscheinlich war, dass er hier sein Unwesen treiben würde.

Die Roks machten ihm weniger Sorgen. Seine Familie war gut vorbereitet.

Erik schickte Odin vor, die Stadt zu sichern. Der Hund bemerkte zwar einige Menschen, die waren aber weit genug von den Stellen entfernt, zu denen Erik wollte.

Als Erstes steuerte Erik auf den alten Toom-Baumarkt zu. Odin hatte geklärt, dass es im Innern keine Lebewesen gab.

Als Erik den Frauen zunickte, bemerkte er einen kleinen Waldkauz, der sich auf Nanuks Schulter niedergelassen hatte und sich von ihr die Halsfedern kraulen ließ.

Erik schüttelte den Kopf. Die Kleine hat ein Händchen für Tiere, dachte er. Dann ging er in den Baumarkt und packte alles zusammen, was nötig war, um ein Haus gegen Eindringlinge abzusichern.

Als er alles auf den Wagen geladen hatte, machten sie sich auf Richtung Durchholz, einem beschaulichen Vorort von Witten.

»Odin!«, rief Erik.

»Ja, ich weiß. Ich suche nach Menschen.«

Erik grinste. Manchmal benahm sich der Hund wie ein vorlautes Kind. Als Odin zurück-

212

kam, war klar, die ganze Umgebung war ausgestorben.

Auf der Suche nach einer passenden Bleibe
durchquerten sie ganz Durchholz.

»Da vorne!«, rief Irinskat. Sie zeigte auf ein
verwunschen aussehendes, alleinstehendes Haus.
Es war von Efeu umwuchert. Die nahestehenden
Ställe waren noch gut erhalten, und ein großer
Teich rundete das malerische Bild ab.

Rundherum gab es nur verwilderte Felder
und Wiesen.

»Dort kann sich niemand an uns heranschlei-
chen, und es ist ideal für die Pferde.« Irinskat
hatte ihre Wahl getroffen.

Erik nickte. »Du hast recht. Lass uns nachsehen, wie es von innen aussieht!«

Sie stiegen ab und hobbelten die Pferde vor
dem Eingang an. Von außen sah das Gebäude
noch sehr solide aus.

Irinskat öffnete die Tür und wollte das Haus
betreten.

»Warte!«, rief Erik, »und nicht lachen. Aber
das muss sein.« Er nahm Irinskat in seine Arme
und trug sie über die Türschwelle.

Ein langer, leidenschaftlicher Kuss war seine
Belohnung.

»Das war schön. Die romantische Seite an dir
kenne ich ja noch gar nicht«, meinte Irinskat und
schmiegte sich eng an Eriks Körper.

»Kkhm, ehm. Hallo, ihr seid nicht alleine.«

Nanuks Einwand durchbrach den Zauber des Augenblicks.

Lachend setzte Erik Irinskat ab. »Also gut. Dann nehmen wir das Haus mal in Beschlag.«

Die nächsten Wochen und Monate verbrachten sie damit, aus dem Haus ein Heim zu machen.

Nur sehr professionelle Einbrecher hätten jetzt noch in das Haus einsteigen können.

Roks hatten keine Chance.

Im Laufe der Zeit begegneten sie noch mehreren Überlebenden und hielten losen Kontakt mit ihnen.

Nanuk hatte sich mit einem kleinen Kauz, der sie regelmäßig besuchte, angefreundet.

Ein paar Übergriffe streunender Roks, denen sie bei ihrer Erkundung des Umlands begegneten, wehrte Odin alleine ab.

Nur einmal, beim Angriff einer großen Gruppe, musste Erik mit eingreifen.

Aber sie gerieten nie in ernsthafte Gefahr.

Soldaten ließen sich in der Gegend überhaupt nicht blicken.

Erik hätte nie geglaubt, dass er einmal so glücklich sein könnte. Ein Neuanfang, wie er nicht besser sein könnte!

Ostia

Ich glitt durch ein Fenster zurück in die große Halle. Erik lag auf einer großen Wolldecke. Auf dem Bauch.

Giada nähte die klaffende Wunde auf seinem Rücken. Eriks Schwert hatte sie vorsichtshalber aus seiner Reichweite gelegt.

Odin lag zu seinen Füßen und hielt die Eingänge im Blick. Die beiden großen Schnitte über seiner Flanke heilten bereits.

»Hast du den Vogel erwischt?«, wollte er wissen.

»Ja, der informiert niemanden mehr. Wie geht es Erik?«

»Er hat jede Menge Schnitte und Prellungen. Gefährlich ist aber nur die Wunde am Rücken, die Giada gerade näht. Sie wird ihn aber nicht umbringen; nur aufhalten.«

Ich flog näher zu Erik.

Giada machte gerade die letzten Stiche. Erik zuckte nicht einmal. Giada sah müde aus, schien aber nicht verletzt zu sein. »So. Fertig, Erik. Du brauchst jetzt Ruhe. Mindestens zwei Tage.«

»Wir müssen weiter. Hajos Vorsprung wird zu groß. Ich schaff das schon.«

»Ja, aber nicht lange. Tot nutzt du Irinskat und Nanuk gar nichts. Wenn du dich zusammenreißt, sind wir später umso schneller.«

Erik schnaufte resignierend. »Gut, du hast

gewonnen. Wir ruhen uns aus. Und Giada: Es tut mir leid wegen gerade.«

»Du hattest mich ja gewarnt. Und es ist nichts passiert.«

Ich schaute auf Eriks zur Seite gelegtes Schwert. Ganz so locker, wie sie es sagte, schien Giada die Sache doch nicht zu nehmen. »Wenn du dich bewegen kannst, lass uns bitte in ein anderes Haus gehen. Ich möchte ungern zwischen den ganzen Toten schlafen.«

»Das wird gehen«, meinte Erik.

Odin und ich sicherten eines der Nachbargebäude. In der Umgebung war alles ruhig, es gab keinerlei Überraschungen.

Auf Giada gestützt kam Erik ins Haus. Kaum hatte er sich aufs Bett gesetzt, wurde er ohnmächtig.

»Hier bleiben wir, bis sich Erik erholt hat«, erklärte Giada. Bei den Worten taumelte sie selbst.

»Ich besorg Essen«, meinte Odin und verschwand.

»Ich pass auf«, antwortete ich. Aber niemand hörte mir zu.

Odin war schon unterwegs, und Giada hatte sich neben Erik gelegt und war sofort eingeschlafen.

Ich war noch so aufgedreht, dass ich vorerst nicht schlafen konnte.

Auf dem Weg zum Dachgiebel des nächstge-

legenen Hauses schlug ich mir schnell eine un-
achtsame Maus. Der kleine Snack weckte meine
Lebensgeister.

Gestärkt bezog ich meinen Wachtposten.

Von dem Giebel aus konnte ich alle Eingänge
des Gebäudes, in dem die Menschen schliefen,
überblicken.

Niemand wollte uns angreifen.

Es dauerte drei Tage, bis Erik wieder reisefähig
war. Auch danach kamen wir die ersten Tage
nur schleppend voran.

Ursprünglich gingen wir davon aus, Hajo
würde über Slowenien nach Kroatien ziehen.
Nun war seine Meute aber hinter Graz in die
Richtung Klagenfurt, italienische Grenze, abge-
bogen. Sie zogen über die ehemalige A 2.

Hajo mied unwegsames Gelände und hielt
sich an die ausgebaute Strecke.

Die Spuren blieben unübersehbar.

Nach zwei Wochen begannen wir, langsam
aufzuholen. Inzwischen hatten wir die italienische Grenze längst überschritten.

Eines Abends hörte ich, wie Erik Giada fragte, warum sie noch mitreist, obwohl Ragur und
seine Horde vernichtet seien und Giada damit
ihre Rache vollendet hatte.

»Wo soll ich schon hin? Außerdem hab ich
mich an dich und deine komischen Gefährten
gewöhnt.«

»Ich bin ja froh, dass du bleibst«, meinte Erik, »und …«

»Der wirkliche Grund«, unterbrach ihn Giada, »bist du. Ich liebe dich!« Sie gab Erik einen flüchtigen Kuss, drehte sich um und wickelte sich in ihre Decke.

Ich konnte sehen, wie Tränen ihre Augen verschleierten.

»Ich«, Erik holte tief Luft, »kann nicht.«

»Ich weiß«, flüsterte Giada. Dann hatte sie sich wieder unter Kontrolle. »Odin meinte doch, dass er nördlich von uns einen Bauernhof mit Menschen und Pferden entdeckt hat«, wechselte sie das Thema.

»Ja. Und?« Erik hatte mit dem plötzlichen Themawechsel zu kämpfen. Ihre Liebeserklärung hatte ihn aus der Bahn geworfen. Aber er liebte Irinskat! »Verflucht, warum ist alles so kompliziert?«, grummelte er vor sich hin.

»Mit Pferden würden wir Hajo viel schneller einholen. Vielleicht sogar, bevor er neue Verbündete findet«, blieb Giada beim Thema.

»Du hast recht. Wir versuchen es.«

Die Menschen änderten die Richtung.

»Odin, der Bauernhof. Sieh dir mit Zach zusammen an, was uns erwartet!«

Odin gab die Order an mich weiter, und wir zogen los, um uns den Hof anzusehen. Lange brauchten wir nicht.

Nach einer knappen halben Stunde erreichten

wir das Gehöft. Vier Menschen und ein Dutzend Pferde bevölkerten den Hof.

Von Odin hörte ich ein überraschtes Knurren.

»Was ist los?«, wollte ich wissen.

»Das sind alte Bekannte. Erik wird es kaum glauben. Lass uns schnell zurückgehen!«

Ich war ziemlich überrascht. So emotional kannte ich Odin bisher nicht.

Eriks Reaktion auf die Nachricht verlief nicht weniger überraschend: »Das ist nicht möglich! Odin, bist du sicher?«

Wenn ich ganz nah dran war, konnte ich die gedankliche Unterhaltung zwischen Erik und Odin verstehen. Nur mich Erik verständlich zu machen, gelang mir nur selten.

»Ja, bin ich«, antwortete der Hund.

»Dann los!« Erik gab Giada ein Zeichen, und so schnell wie möglich steuerten wir auf den Bauernhof zu.

Als wir den Hof erreichten, rief Erik: »Hallo im Haus! Wir kommen als Freunde!« Und dann noch lauter: »Otto, lass uns rein!«

Die Haustür wurde aufgerissen, und ein alter Mann trat ins Freie.«

»Erik? Erik Klein? Ich glaub es nicht.« Mit diesen Worten stürmte er auf Erik zu.

Kein Knurren von Odin.

Erik schloss den alten Mann in die Arme. »Mensch, Otto. Ich hab gedacht, ich seh dich nie wieder. Was freu ich mich!«

Giada hielt sich im Hintergrund.

Aus der Haustür traten drei weitere Menschen ins Freie, zwei Männer und eine Frau. Der eine Mann war ein uralter Asiate.

Erik schloss den zweiten Mann auch in die Arme, vor dem Asiaten verbeugte er sich. Die Frau begrüßte er zurückhaltend.

Dann winkte Erik Giada zu sich und stellte sie vor.

»Was ist denn mit Irinskat?«, fragte der Mann, den Erik Özdem nannte.

Die Menschen gingen ins Haus, und Erik erzählte seine Geschichte.

Als er geendet hatte, wollte er wissen, wieso es die anderen Menschen von der See in die Berge verschlagen hatte.

»Das ist schnell erzählt«, meinte Otto, »ein paar Monate, nachdem du weg warst, kamen die Roks. Sie griffen uns immer wieder an. Bis die wenigen Überlebenden aus Bensersiel flüchteten.

Ich blieb bei Özdem, seiner Frau und Meister Chong. Erst hier in den Bergen fanden wir eine sichere Zuflucht. Wir konnten die dänischen Pferde retten und haben uns hier eine kleine Pferdezucht aufgebaut.«

»Gibt es hier in der Gegend noch mehr Menschen?«, wollte Erik wissen.

»Ja, eine kleine Gruppe.«

»Dann habt ihr eine Heimat gefunden?«

»Ja, deshalb werden wir dich auch nicht begleiten. Aber wir freuen uns, dir mit zwei Pferden weiterhelfen zu können.«

»Danke, es ist ja auch nicht euer Krieg. Ich kann euch nichts für die Tiere geben. Aber ich hoffe, ich kann sie zu euch zurückbringen. Und dann hab ich auch Irinskat und Nanuk dabei.«

»Ist schon gut. Wir möchten alle, dass du deine Familie rettest. Und wenn es dadurch ein paar Mutanten und Plünderer weniger gibt, sind wir auch nicht böse drum.«

Meine Gefährten nahmen die Pferde, verabschiedeten sich schnell, und weiter ging die Jagd.

Durch die Pferde holten wir zügig auf. Wir ließen Venedig links liegen und folgten Hajos Spur geradewegs Richtung Rom. Ein paarmal wurden wir von kleineren Rokgruppen angegriffen. Aber auch wenn es südliche Roks waren, mit Ragurs Horde konnte man sie nicht vergleichen.

Für meine Gefährten bedeuteten sie keine besondere Herausforderung.

Hajo hatte offenbar jedes Interesse an uns verloren. Er versuchte nicht ein einziges Mal, uns eine Falle zu stellen. Nur das Tempo hatte er angezogen.

Wir holten nicht mehr so schnell auf. Doch als wir Rom erreichten, waren wir bis auf wenige Stunden an Hajo dran.

»Zach, flieg los! Wir müssen genau wissen, wo Hajo ist und wie viele Leute er noch hat«, meldete sich Odin zu Wort.

Sofort zog ich mein Tempo an. Wir waren so kurz vor dem Ziel. Mein Herz hämmerte das Blut gleich kraftvoller durch meine Adern. Bald hatten wir es geschafft. Ich würde als Held zu Lea zurückkehren.

Ich fand Hajo und seine Leute in Roms alter Hafenstadt Ostia Antica. Sie hatten sich in der Ruine des Kapitols eingenistet. Nah kam ich an die Plünderer aber nicht ran. Hajo ließ das Kapitol von vier großen Uhus absichern.

Ich flog noch ein paar größere Kreise. Dabei bemerkte ich weitere Plünderer am Ufer des Tiber. Sie waren damit beschäftigt, ein großes Segelboot zu beladen.

Hier gab es keine Wächter, und ich konnte mir das Treiben aus der Nähe ansehen.

Am Bug und am Heck des Schiffes war jeweils ein Mann mit einer Schusswaffe postiert. Zehn weitere Männer waren damit beschäftigt, Gold, Silber, Lebensmittel und Waffen auf dem Boot zu verstauen. Zwei Männer vergitterten eine große Kajüte am Bug des Schiffes.

Ich hatte genug gesehen und kehrte zu meinen Gefährten zurück.

Mit Odin konnte ich inzwischen auch über größere Entfernungen Kontakt halten. So hatten die Menschen bereits alle wichtigen Informationen, als ich kurz vor Ostia auf sie traf.

Ich setzte mich auf Odins Schulter und hörte zu, wie wir vorgehen wollten.

Erik hatte aus einem verfallenen Laden eine Karte der antiken Hafenstadt besorgt. »Hajo hat seinen Platz gut gewählt. Das Kapitol liegt genau zwischen uns und dem Boot. Wir müssen also zuerst dort angreifen. Wenn Nanuk und Irinskat noch im Kapitol sind, kann uns das Boot egal sein«, meinte Erik.

»Falls deine Familie schon auf dem Boot ist, müssen wir schnell sein. Wenn sie ablegen, während wir kämpfen, holen wir sie nicht mehr ein«, warf Giada ein.

»Stimmt. Ein weiteres Problem sind die Gewehre. Wenn die Männer am Boot welche haben, wird Hajo am Kapitol mit Sicherheit noch weitere haben.«

»Ich versuche, die Männer mit den Schusswaffen und die Wächtereulen mit meinem Bogen auszuschalten, während du mit Odin ins Kapitol eindringst.« Giada blickte Erik, Zustimmung heischend, an.

»Scheint die einzige Möglichkeit zu sein. Los gehts!«

Ich flog voran, und zeigte meinen Gefährten den kürzesten Weg. Erik und Odin dicht hinter mir.

Giada sah ich nicht mehr.

Als wir das Kapitol erreichten, hielt ich mich zurück. Die Uhus würden mich zerfleischen, sollten sie mich erwischen.

Odin und Erik liefen weiter auf das Gebäude

zu. Ein Mann auf dem Rand der Ruine legte auf Erik an. Er kippte röchelnd von der Mauer, als Giadas Pfeil seinen Hals durchschlug.

Auch ein Uhu fiel durchbohrt zu Boden.

Ein Gewehr knallte.

Odin jaulte auf. Die Kugel war in seine Schulter eingeschlagen. Der Schütze brach mit einem Pfeil im Auge zusammen.

Odin kam aus dem Tritt und konnte nicht mehr mit Erik mithalten.

Giada erwischte noch drei weitere Schützen, und ihre Pfeile pflückten auch die verbliebenen Uhus aus der Luft.

Erik prallte inzwischen auf eine zurückweichende, menschliche Wand. Hajos Leute versperrten den Eingang des Kapitols. Ihre gepflegten Schwerter glitzerten in der Sonne.

Und sie waren gut!

Keine tumben Roks, sondern perfekt ausgebildete Soldaten. Sie wichen zurück und ließen Erik ins Leere laufen, um ihn dann sofort einzukreisen. Sie trugen Stichschutzwesten, die jeden normalen Schwerthieb abfangen konnten.

Nun, Eriks Schwerthiebe waren nicht normal.

Nachdem die ersten Plünderer zerteilt zu Boden gingen, wurde der Rest vorsichtiger.

Es waren immer noch sechzehn Mann, die Erik umringten.

Ein schnell geführter Stich erwischte ihn am Oberschenkel.

224

Das gelbe Schimmern in Eriks Augen flackerte auf.

Die Soldaten drangen vor.

Erik fing sich noch ein paar Schnitte ein, konnte aber drei weitere Feinde erledigen.

Er lächelte. Das gelbe Leuchten hinter seinen Pupillen wurde intensiver.

Erschrocken wichen seine Gegner zurück. Aber sie waren zu gut ausgebildet, um sich lange einschüchtern zu lassen. Allerdings waren sie so auf Erik fixiert, dass sie meine anderen Gefährten völlig vergaßen.

Odin hatte sich erholt und krachte mitten zwischen die Plünderer.

Giadas gestimmtes Schwert pflügte von der anderen Seite eine Lücke in die Reihen der Feinde. Sie schaute Erik in die Augen, erschauerte, stellte sich trotzdem Rücken an Rücken mit ihm.

»Bleib lieber weg!«, presste Erik hervor.

»Es geht nur gemeinsam, reiß dich zusammen!«, antwortete Giada.

Das Grollen kam aus Eriks Brust, nicht von Odin. Die Schwerter meiner Gefährten schnitten durch die Reihen der Plünderer. Giadas elegant, Eriks mit brachialer Gewalt. Beide effektiv.

Um Giada nicht zu gefährden, zügelte Erik, mit unglaublicher Willenskraft, die Bestie in sich. Mitten unter den Feinden wütete der Hund.

Dem hatten Hajos Männer nichts entgegenzusetzen.

Es dauerte keine zwei Minuten, und der letzte Gegner fiel.

Gemeinsam betraten wir das Kapitol.

Gegenüber des Einganges stand Hajo. Gestützt auf ein glänzendes Schwert, zwei Pistolen im Gürtel und völlig unaufgeregt. »Hallo, Erik. So sieht man sich wieder.«

»Hajo. Ich würd' ja sagen, schön, dich zu sehen, aber das wär wohl gelogen. Wo ist Irinskat?« Erik hielt sich immer noch unter Kontrolle.

»Nicht mehr hier. Glaubst du, ich hätte nicht gewusst, dass du an meinen Männern vorbeikommst?«

»Wo, Hajo?« Zu mir: »Such sie, Zach!«

Ich hatte eine Vermutung. Ohne Umweg flog ich zu dem Boot.

Und richtig! Irinskat und Nanuk waren in der vergitterten Kajüte eingesperrt.

Die Plünderer machten das Boot fertig zum Auslaufen.

Umgehend kehrte ich um und informierte meine Gefährten.

»Für gebärfähige Frauen zahlen sie im Orient ein Vermögen«, hörte ich Hajo gerade sagen, als ich ankam. »Und dass es deine Frau ist, die ich verkaufe, ist noch mein extra Bonbon.«

»Warum?«

»Du hast dich geweigert, meine Familie zu retten. Erinnerst du dich?«

»Du hattest einen Massenmord geplant«, entgegnete Erik.

»Aber meine Familie wäre vielleicht noch am Leben.«

Giada war näher an Erik herangetreten und flüsterte ihm ins Ohr: »Kümmer' du dich um Hajo. Wir holen deine Familie.«

»Okay«, knurrte Erik.

Odin und Giada verschwanden lautlos aus dem Kapitol.

»Hast du Angst vor mir, Hajo? Oder warum trägst du Schusswaffen?«

»Ich hatte nie Angst vor dir, Erik.« Mit diesen Worten zog Hajo seine Pistolen aus dem Gürtel und ließ sie fallen. Er fasste sein Schwert und begann, leise zu singen. Wie bei Giadas Waffe reagierte auch sein Schwert sofort.

»Du hast dich in der Schwertmagie ausbilden lassen?«, fragte Erik überrascht.

»Ja, man kann ja nie wissen.« Die letzten Worte gingen bereits in seinem Angriff unter. Durch die Magie des Gesangs beschleunigt trommelten Hajos Hiebe auf Erik ein.

Erik konnte die Schläge kaum blocken. Zwei Schnitte über seiner Brust zeugten von der Geschwindigkeit, mit der Hajo kämpfte.

Wieder blitzte das gelbe Licht in Eriks Augen auf. Ein Lächeln stahl sich auf seine Lippen. Hajos nächste Attacken konterte er ohne Blessuren.

Seine Beinwunde bemerkte er nicht mehr. Ebenso wenig die anderen Schnitte.

Hajos Gesang wurde intensiver, eindringlicher. Sein Schwert immer schneller.

Aber auch Eriks Bewegungen wurden schneller, seine Schwerthiebe kraftvoller.

Jetzt kämpfte er nicht mehr nur defensiv, er ging zum Angriff über.

Ohne die Magie des Schwertes wäre es längst um Hajo geschehen. Aber so hielt er stand.

Immer wieder trafen die Schwerter aufeinander. Beide Menschen bluteten aus zahlreichen Wunden. Keiner wich zurück. Der Kampf wurde immer schneller und wilder. Ein brutaler Zweihandschlag zerschmetterte Hajos Schwert. Erik hatte mit solcher Wucht zugeschlagen, dass auch er seine Waffe nicht halten konnte. Er fluchte.

Schon traf ihn Hajos Handkante hinter dem Ohr. Erik sah Sterne. Seine Augen glühten.

Er lächelte. Ein leises Knurren kroch aus seiner Kehle.

»Ich prügel dir das Lachen aus dem Gesicht, du Irrer!«, keuchte Hajo und schlug Doubletten gegen Eriks Gesicht.

Die Schläge gingen ins Leere. Erik duckte sich weg und erwischte Hajos Knie mit einem Drehtritt.

»Arrgh!« Hajo taumelte.

Ein trockenes Knacken belohnte Eriks nächste Tritt. Hajos anderes Knie war zertrümmert.

228

Erik ließ Faustschlag auf Faustschlag in Hajos Gesicht einschlagen. Er fasste in die blutige Masse und beendete den Kampf mit einem Genickhebel, der Hajos Halswirbel wie trockene Zweige brechen ließ.

Eriks unmenschlicher Schrei ließ alle Lebewesen in der Umgebung wissen, dass er seinen Feind besiegt hatte. Dann brach er über Hajos Leiche zusammen.

So schnell ich konnte, flog ich zum Boot, um Odin und Giada mitzuteilen, dass Hajo tot war. Ich konnte mich nicht konzentrieren und erreichte Odin über die Entfernung nicht.

Auch am Boot tobte der Kampf. Der gesamte Steg war übersät mit toten Körpern. Aber der Hund und die Kriegerin kamen nicht weiter. Ein Soldat mit einem Gewehr hielt die Gangway in Schach.

Giada hatte keine Pfeile mehr, um ihn auszuschalten. Da öffnete sich die vergitterte Kajüte.

Irinskat musste sich irgendwie ein Messer beschafft haben. Sie schlich sich an den Plünderer mit dem Gewehr heran. Als sie ihn erreichte, ließ sie ihm keine Chance. Sie sprang nach vorne und zog ihm die Klinge durch die Kehle. Röchelnd brach der Mann zusammen.

Giada und Odin betraten das Boot. Nanuk rannte zu Irinskat. In dem Augenblick, als Nanuk ihre Mutter erreichte, wurde Irinskat von einer groben Hand gepackt, und eine lange Klinge fand den Weg zu ihrem Hals. »Verschwindet vom Boot, sonst stirbt sie!«, verlangte der Kerl.

Giada bewegte sich langsam rückwärts.

Der Plünderer sah den Hund nicht kommen. Odin bewegte sich schneller, als ich es je gesehen hatte. Die zerfetzten Sehnen und Knochen des Mannes konnten mit dem Messer kein Unheil mehr anrichten.

Irinskat sprang nach vorne.

Odin riss dem Mann noch die Kehle auf. Dann sprang er an Land, wo Irinskat bereits wartete. Giada hatte Nanuk an der Hand und wollte gerade an Land gehen. Da tauchte ein riesiger Mensch mit einem Morgenstern hinter ihr auf.

Giada schubste Nanuk Richtung Gangway und stellte sich dem neuen Gegner. Aber bereits in der Drehung erwischte sie der Morgenstern.

Nanuk sprang an Land. Das Boot legte ab.

Odin registrierte, dass Giada fehlte. Er löste sich aus Irinskats Umarmung, nahm Anlauf zum Boot … und stoppte wieder. Der Abstand war bereits zu groß. Er schickte noch ein wildes Knurren hinter dem Boot her. Mehr konnte er nicht tun.

Er wandte sich Nanuk und Irinskat zu, die ihn umarmten und gar nicht mehr loslassen wollten.

Ich flog zu ihm.

»Zach!«, rief Nanuk, »du bist auch hier.«

Ich ließ mich auf ihrer Schulter nieder. »Odin,

wir müssen zu Erik. Schnell!«, drängte ich, zu Odin gewandt.

Odin sprang auf.

Die Menschenfrauen verstanden sofort, was er wollte.

Irinskat griff sich das Schwert eines toten Soldaten. Sie war alles andere als ein wehrloses Weibchen, dachte ich.

Mit mir an der Spitze machten wir uns auf zum Kapitol.

Irinskat fragte nicht nach Erik. Sie schien zu wissen, dass Odin sie zu ihm führen würde.

Wir fanden Erik neben der Leiche von Hajo sitzend. Er sah fürchterlich aus.

Aus zahlreichen Wunden blutend, über und über mit Blut bedeckt, kämpfte er sich auf die Beine.

Mit einem spitzen Schrei sprang ihm Irinskat in die Arme. Sie küsste Erik wild und leidenschaftlich. Egal, wie er aussah. Als wollte sie ihn nie wieder loslassen!

Epilog

Erik war glücklich, seine Familie zurückzuhaben. Nichts hätte er lieber getan, als den Rest seines Lebens friedlich mit Irinskat und Nanuk, und wer weiß, vielleicht noch ein, zwei weiteren Kindern, in einem kuscheligen Heim zu verbringen.

Doch nachdem Odin ihm von den Ereignissen auf dem Boot erzählt hatte, fand er keine Ruhe.

Er kehrte mit seiner Familie zurück zu Otto und der kleinen Gemeinde Überlebender. Auf der Reise erzählte er Irinskat alles, was sich seit ihrer Entführung ereignet hatte.

Irinskat hörte schweigend zu.

Als Erik seine Geschichte mit den Worten: »Ich kann Giada nicht einfach ihrem Schicksal überlassen«, beendete, sagte sie nur: »Ich weiß, Erik« und küsste ihn.

Dramatis Personae

Erik	Mensch
Irinskat (Kat)	Eriks Frau
Nanuk	Irinskats Tochter
Odin	Germanischer Bärenhund/ Telepath
Ich (Zach)	Waldkauz
Giada	Kriegerin, Eriks Waffenge- fährtin
Lea	Waldkauzmädchen
Hajo	Anführer der Plünderer, ehemals Eriks Freund
Myrna	Hajos Frau
Ragur	Anführer der Roks aus dem Süden
Özdem	Eriks Trainer und Freund
Mela	Özdems Frau
Otto	Freund von Erik
Meister Chong	Schwertmeister
Jan	der blinde Fremde
Ahyoka	Indianische Schamanin
Asgard	Ältester der Dänen
Markus' Kinder	Bärenhundezüchter
Roks	durch die Masern mutierte Menschen
Plünderer	ehemalige Soldaten, die mordend und plündernd durchs Land ziehen

Über den Autor

Jörg Krämer, Autor und Taekwondoin, wurde 1966 in Witten, Deutschland, geboren. Aufgewachsen ist er als Sohn eines selbstständigen Friseurs. Nach seinem Abitur absolvierte er eine Ausbildung zum Kommunikationselektroniker. Im Anschluss an seine Gesellenprüfung wechselte er zur Justiz und arbeitet nun als Betreuer im offenen Strafvollzug.

Während der Arbeit an seinem 2012 veröffentlichten Sachbuch *Germanischer Bärenhund – Portrait einer außergewöhnlichen Hunderasse* begann Krämer mit einem Fernstudium in Schreibtechnik. Nach der Veröffentlichung einiger Kurzgeschichten in Anthologien erschien 2014 sein erster Roman *Im Schatten von Schlägel und Eisen* im *net-Verlag*. Daraufhin folgte im Jahre 2018 der zweite Teil *Herz schlägt Krieg*.

Seit er die Verarbeitung der Aufzeichnungen seiner Großmutter in zwei Büchern beendete, widmete er sich mit dem Schreiben einem neuen Genre: der Fantasy.

Buchempfehlungen:

Im Schatten von Schlägel und Eisen
Roman von Jörg Krämer
ISBN 978-3-95720-037-2
18,95 €

Herz schlägt Krieg
Roman von Jörg Krämer
Hardcover
ISBN 978-95720-226-0
19,95 €

Es geschah zu Halloween
Anthologie
ISBN 978-3-95720-254-3
14,95 €

235